Sophia Wesner

Widerhall

Eine Geschichte von Glück und Aufbruch

Lesen macht glücklich

Widerhall

Eine Geschichte von Glück und Aufbruch

Sophia Wesner

Prinzengarten Verlag

Bibliographische Information der Deutschen Bibliothek
Die Deutsche Bibliothek verzeichnet diese Publikation in der Deutschen Nationalbibliographie; detaillierte Daten sind im Internet über http://dnb.ddb.de abrufbar.

Dr. Hans Jacobs, Am Prinzengarten 1, 32756 Detmold
Bild Umschlag: Karline Johanning
ISBN 978-3-89918-508-9

O glaube, mein Herz! O glaube:
Es geht dir nichts verloren!
Dein ist, ja, Dein, was du gesehnt!
Dein, was du geliebt, was du gestritten!
Mit Flügeln, die ich mir errungen,
in heißem Liebesstreben
werd' ich entschweben
zum Licht, zu dem kein Aug' gedrungen!

Gustav Mahler

Der Graf Garin von Beaucaire war alt und gebrechlich, und seine Zeit war um. Er hatte keinen Erben, nicht Sohn nicht Tochter, als einen einzigen Knaben. Dieser war also, wie ich euch sage: Aucassin hieß der Jungherr; schön war er, adlich, groß und wohlgebaut an Beinen, Füßen, Leib und Armen; er hatte blonde, feingelockte Haare, blaue lachende Augen, ein klares einnehmendes Gesicht, eine hohe wohlstehende Nase und so reich war er mit guten Charaktereigenschaften begabt, daß an ihm keine schlimme zu finden war. Aber so bezwungen war er von der Liebe, die Alles überwältigt, dass er weder Ritter sein, noch die Waffen ergreifen wollte. Er sprach zu seinem Vater: Gott soll mir nichts gewähren, um was ich ihn bitte, so ich jemals Ritterschaft übe, zu Rosse steige oder in Sturm und Schlacht ziehe, um einen Ritter zu schlagen, oder ein anderer mich, wenn Ihr mir nicht Nicolette gebt, mein süßes Mädchen, das ich von Herzen liebe.

Aucassin und Nicolette. Altfranzösischer Roman aus dem 13. Jahrhundert. Übersetzung von Wilhelm Hertz. Die Zitate, die im Text als Überschriften dienen, stammen aus diesem altfranzösischen Roman.

Nicolette lief so lange, bis sie zu dem Thurm kam, wo ihr Geliebter eingeschlossen war.

Unter Rosen gebettet, so lag er da. Überm Haupt Christrosen und der Körper über und über bedeckt von roten Rosen in schlichtem Gesteck. Ein schönes Grab. Das Grab des geliebten Freundes suchen – darauf war sie angewiesen, denn Worte hatte sie nicht. Sollte sie nicht haben. Sie sollte nicht einmal wissen dürfen, ob ihr Freund verbrannt worden war oder sein Körper in einem Sarg lag. Es war ein Sonntag im Winter und Aurelia hatte im Chor gesungen in dem Kirchenraum, den sie über Albert kennengelernt hatte. Nun war er nicht mehr da. Und keiner sagte ihr, wo sie ihn finden konnte. Mit kühler Trauer, die einen fahlen Glanz auf ihr Inneres abstrahlte, fuhr sie nach dem Gottesdienst nach Hause und legte sich zu Bett. Erinnerungen an das Singen mit ihm, Albert, in der Kirche flimmerten durch ihren Traum. Dann setzte sie sich auf. Sie wusste nun, wohin sie fahren musste. Sechs oder sieben Friedhöfe gab es in ihrer Stadt, aber sie spürte plötzlich genau, auf welchem Friedhof ihr Freund lag.

Aufgeregt stellte sie ihr Auto an der Straße ab und lief suchend und vorsichtig um sich blickend umher. Fast fühlte es sich so an, als beginge sie einen Frevel. Dabei suchte sie doch nur den, den sie liebte. Um seinen Tod aber machte die Familie ein großes Geheimnis, ein Stillschweigen band alle, die davon wussten, und das legte sich schwer auf ihre Seele. Unruhig lief sie von Grab zu Grab und suchte nach den Spuren frischer Erde, lebendiger Trauer, die noch nicht zugedeckt war vom festen Efeu der Gewöhnung. Schäbig kam sie sich vor, wie sie ihre Blicke über Namen und Daten huschen ließ, geradezu vernachlässigend kalt empfand sie es. Immer nur einen Namen suchte sie, Albert Mattheis. Sie irrte herum und fand ihn nicht. Lag er dort abgelegen im Schatten der Bäume? Es dämmerte schon und die Dämmerung war kurz im Winter. Ihr blieb nicht viel Zeit. Nein, dort lag er nicht. Auch nicht in der Nähe der Kapelle, von der hin und wieder ein durchdringendes Piepen zu vernehmen war. Wie störend, auf einem Friedhof. Beinahe mechanisch suchte sie jetzt. Als sie dann am rechten Ort war, fiel die stumpfe Kälte von ihr ab. Aucassin. Sie hatte ihn gefunden. Kein Name kennzeichnete zwar sein Grab, aber sie erkannte es dennoch. An der Frische der Erde. Und an den Christrosen. Da lag der Körper vor ihr, tief in der kalten Erde, unsichtbar, aber doch der Körper, der so zart und zerbrechlich geworden war in den vergangenen Monaten und der sich einmal noch, wenige Wochen war es nur her, mühevoll und langsam für sie, Aurelia, erhoben hatte. Damit sie ihn umarme, ein letztes Mal. Und sie? Könnte sie das Bild aus ihrem Gedächtnis bannen! Jede Erinnerung daran zerschnitt ihr die Seele, brannte furchtbar und nichts wollte sie lieber in diesem Moment, als diese Situation neu zu erleben und alles gut zu machen. Aber war nicht alles gut? Ja, Albert hatte ihr einen goldenen Strahl gesandt, sie durfte sich von diesem Strahl erhellen lassen. Dennoch konnte sie momentan nicht hell und fröhlich sein, jetzt wollte sie trauern und weinen. Sie ließ ihren Tränen freien Lauf. Über ihre Augen hatte Albert ihr etwas sehr Berührendes gesagt. Sie hatte seine Worte nie vergessen, aber sie enthüllten sich Aurelia erst in diesem Moment und eine noch größere Traurigkeit umgab sie darüber. Sie seufzte. Diese Gedanken führten ins Nichts, was half es, sich Vorwürfe zu machen.

Albert war an einem dunklen Tag des Jahres gestorben. Für Aurelia hatte das eine Bedeutung. Sein Sterben und Tod warfen einen dichten Schatten auf sie.

Loin des yeux – près du cœur. Das hatte er ihr so oft gesagt und geschrieben. Nun fand sie nicht mehr seine Leidenschaft darin, sondern Trost. Weiter entfernt als im Tod konnte Albert ihren Augen nicht sein, er war für immer unsichtbar geworden, aber ihrem Herzen konnte er nah sein. Und sie seinem. Oder wenigstens seinem Wesen, denn ein Herz hatte er ja nicht mehr.

Mittlerweile war es um sie herum ganz finster geworden, Grablichter von verschiedenen Gräbern leuchteten. Sie verneigte sich vor Albert und wandte sich ab. Ich komme wieder, sagte sie. Ich komme wieder.

Lass von Nicolette, die aus fremden Landen hergebracht. Damit hast du nichts zu schaffen.

»Kommst du also heute Abend mit?«

»Was ist denn heute Abend?«

»Mensch, davon hab ich dir doch schon neulich erzählt!«, sagte Katrin genervt, »Heute ist die erste Probe.«

»Ach ja, aber hmm, ich weiß nicht, ich trau mich nicht so recht.«

»Du traust dich nicht?«

»Nein, ich habe überhaupt keine Erfahrung.«

»Ist doch egal! Es kommen oft Neue ohne Erfahrung. Vergiss nicht, es geht um Brahms!«

»Ja, ich weiß, aber trotzdem.«

»Ich hol dich ab. Um zehn vor acht bin ich bei dir.«

Aurelia packte Schulbuch und Hefte in ihre Tasche und schaute ihrer Freundin nicht hinterher. Halb war sie wütend, halb froh. Katrin konnte ausdauernd sein und offenbar war sie davon überzeugt, Aurelia einen Gefallen zu tun. Das Requiem mochte Aurelia sehr und eigentlich wollte sie es auch endlich einmal singen, aber in diesem Chor kannte sie außer Katrin niemanden und Katrin sang auch nicht dieselbe Stimme wie sie, das hieß, sie würde zwei Stunden neben irgendwelchen fremden Leuten singen. Und wahrscheinlich waren das auch alles alte Frauen, mit denen sie kein Gespräch haben könnte. Andererseits, es war eben Brahms.

Aurelia verabschiedete sich von Rosa, ihrer allerbesten Freundin, und lief schnell nach draußen zum Fahrradständer, ihre Schwester Emma wartete schon auf sie. »Wo bleibst du bloß, los komm, sonst sind wir die Letzten und können uns was anhören.« Emma warf ihre blonden Haare aus dem Gesicht. Um die beneidete Aurelia sie, sie selbst hatte kurze, irgendwie struppige dunkelblonde Haare, die ihre Mutter ihr immer im Bad schnitt. Schrecklich! Warum nur Emma lange Haare haben durfte, hatte sie nie verstanden. Auch

Leonie bekam die Haare von ihrer Mutter geschnitten. Schon war Emma auf der Pedale, Aurelia kam kaum hinterher, aber der Weg war ohnehin nur kurz. Leonie war tatsächlich bereits zu Hause, der Tisch war fast fertig gedeckt, Aurelia trank schnell ein Glas vom kalten Tee, der immer in der Küche in einem braunen Krug aus Emaille stand. Ihre Mutter hatte Bratkartoffeln gemacht, die gab es oft, aber alle mochten sie auch besonders gern. Mit Zeichensprache, um ihre Eltern nicht im Gespräch zu stören (ihr Vater war da höchst empfindlich) fragte Aurelia Emma, ob sie gemeinsam einen Tee nach dem Essen tränken, aber Emma schüttelte den Kopf und grinste. Aha, wahrscheinlich kam Adrian dann gleich. Aurelia war enttäuscht, mit Leonie wollte sie ganz bestimmt nicht wieder Monopoly spielen, dann legte sie sich lieber auf ihr Bett. Da konnte sie am besten nachdenken und träumen. Sie träumte oft. Malte sich ihr Leben aus, durchlebte alles erneut, was in der Schule gewesen war; oder sie träumte von ihrem Studentenleben, denn sie sehnte sich danach, endlich das Elternhaus zu verlassen und zum Studium in eine aufregende Stadt zu gehen. So lange dauerte das gar nicht mehr. Zweieinhalb Jahre waren es noch bis zum Abitur.

Heute war der Herbsthimmel hell. Sie schaute in den Himmel und ließ die Gedanken ziehen. Der ganze Nachmittag verging damit.

Aurelias Gedanken wanderten zu Christian. Sie schwärmte für ihren Handballtrainer und tat alles, damit sie ihm nah sein konnte. Sie knüpfte sich zum Beispiel die Schuhe wieder auf, damit sie einen Grund hatte, draußen vor der Turnhalle zu sein, wenn sie sah, dass sein Auto noch nicht da war. Dafür hatte sie auch eine ideale Beobachterposition ausfindig gemacht, von der aus sie Ausschau halten konnte, wann er kam, und von wo aus sie dann wie zufällig mit ihm gleichzeitig bei der Halle ankommen konnte. Es war ihr egal, was die anderen Mädchen dazu sagten, viele fanden Christian toll. Zweimal hatte sie Training, montags und mittwochs. Für Aurelia, wie bestimmt auch für viele andere, war der Mittwoch der Höhepunkt der Woche. Denn da trainierten sie in einer kleinen Halle und es kamen immer nur wenige. Mehr Zeit mit Christian. Manchmal gingen sie nach dem Training sogar alle zusammen etwas trinken.

Heute aber würde sie singen. Mittlerweile war sie einverstanden, dass Katrin sie abholen wollte. Um halb acht setzte sie sich auf das graue Sofa unten im Wohnzimmer, von dessen Lehne aus man einen Blick bis hinunter zur Kreuzung hatte und sehen konnte, wann die Verabredung ankommen würde. Um viertel vor acht sah sie Katrin auf ihrem Fahrrad um die Ecke biegen, zog sich schnell die Schuhe an und rannte in den Keller, damit sie die Garage öffnen konnte, bevor Katrin klingelte.

»Aha, wie schön! Da bist du ja schon. Komm, in zwölf Minuten fängt die Probe an und Herr Mattheis beginnt immer pünktlich!«

Albert Mattheis war der Chorleiter, anscheinend bekannt für seine Strenge, jedenfalls hatte Katrin davon erzählt, sie sang schon eine Weile in diesem Chor. Aurelia selbst kannte den Namen nur von ihrem Vater, der beruflich mit ihm zu tun hatte und nicht besonders gut von ihm sprach.

Sie kamen am Probenraum an, pünktlich, es war ein nüchterner Raum, eher dunkel als hell und wenig einladend. Gedrängt standen Stühle im Raum und vorn ein Klavier. Katrin stellte Aurelia Herrn Mattheis vor, der »Sehr erfreut« sagte und Aurelia bat, neben einer älteren Dame, die einen strengen Eindruck auf Aurelia machte, Platz zu nehmen. Diese Dame hieß Frau Becker und sprach kein Wort mit ihr. Überhaupt wurde wenig gesprochen, man folgte konzentriert den Anweisungen von Herrn Mattheis. Auf den ersten Blick erschien dieser Aurelia nicht besonders Furcht einflößend. Flink und wendig war sein Körper, er war mehr als einen Kopf größer als sie, sein Gesicht wurde beherrscht von unglaublich blauen Augen, die einen forschen Blick hatten, eine große Nase und ein schmaler Mund trugen aber auch dazu bei, dass man dieses Gesicht als markant bezeichnen würde. Ansonsten fiel Aurelia seine klare Diktion auf. Keine Füllwörter, keine Floskeln hatten Platz in seiner Sprache.

Die Probe war seltsam. Dauernd musste man auf dim oder non oder na singen, zum Lachen fand sie das gemeinsame Sprechen des Textes. Überdeutlich musste es sein, da war Herr Mattheis sehr streng. Und der Chor folgte willig, nur sie schien diese Übung komisch zu finden. Überhaupt war da eine große Ernsthaftigkeit. Fast hatte Aurelia das Gefühl, hier würde etwas zelebriert. Sie hatte sich die Probe ganz anders vorgestellt, von Brahms war nicht viel zu erahnen gewesen. So war sie froh, dass sie nach zwei Stunden endlich gehen konnte.

Katrin kam zu ihr. »Und? Wie fandest du es?«

»Naja, geht so. Es war alles so zerstückelt. Und die Frau Becker ist … langweilig.«

»Nächstes Mal kannst du dich dann ja neben Rike setzen, die ist nett.«

Albert Mattheis stand am Ende seines beruflichen Lebens. Zwei Jahre hatte er noch, dann war es auch genug. Nicht genug Musik, niemals, aber genug Gremienarbeit, genug Gottesdienste, die er zu spielen hatte, genug Ärger mit den Pfarrern, die immer die Liedauswahl beeinflussen wollten. Für sein Abschlusskonzert hatte er sich bereits ein besonderes Programm zusammengestellt, das sein Vermächtnis erstrahlen ließ. Er freute sich darauf. Wenige Menschen würden verstehen, was er aufführen wird und warum es genau diese Stücke sind. Dabei war das leicht zu verstehen, fand er. Es war seine Heimat. Der Genfer Psalter gehörte zu seiner Identität. Viele dachten, das wusste er, dass er mit einer gewissen Andersartigkeit kokettierte, sich spreizte, dass er einen bestimmten Habitus auslebte. Mittlerweile tat er das gelegentlich, um genau diese Menschen von sich fernzuhalten, indem er ihr Urteil bediente. Aber es war ganz anders. Von frühester Jugend an war er geprägt von dieser Musik. Vielleicht durch die räumliche Nähe zur Schweiz? Jedenfalls hatte er früh Kontakt bekommen mit dieser besonderen Musik. Er hatte ein Jungengymnasium besucht und dort im Knabenchor gesungen, der eine enge Beziehung zur Partnerschule, dem calvinistischen Gymnasium aus Genf, lebte. Und in einem Konzert dieser Schule hatte er diese Töne zum ersten Mal gehört. Sofort hatte er die Klarheit geliebt, die einfache Struktur. Und es sich zur Lebensaufgabe gemacht, diese Musik lebendig zu erhalten.

Im Chor kannten ihn viele. Aber längst nicht alle von denen, die die nächste Arbeitsphase mitsingen wollten. Brahms. Ein Deutsches Requiem. Das lockte viele an, die immer schon einmal Brahms singen wollten. Oder die eine der letzten Gelegenheiten wahrnehmen wollten, unter ihm zu singen. Er war so etwas wie eine Legende in dieser kleinen Stadt. Dass man zur Legende werden konnte, indem man sich präzise, mit ganzer Kraft und ohne Nachlassen und Rücksicht auf sich und andere – auf sich auch, oh ja – für die Arbeit einsetzte, hielt er für einen der Grundfehler dieser Zeit. Worum ging es denn? Doch darum, sich ganz in den Dienst der Menschen, in den Dienst Gottes zu stellen. Das war für ihn in Stein gemeißelt. Es zählte die Verbindlichkeit, das Produkt – nicht der gute Wille oder das Gefühl. Es war gut, dass er bald aller beruflichen Verpflichtungen ledig war. Andererseits fühlte er noch genug Kraft durch seinen Körper fließen und jetzt, so kurz vor der ersten Probe für das Requiem spürte er auch eine Aufregung, wieder einmal ein größeres und so bekanntes Werk auf das Pult zu legen.

Im Probenraum hatten sich bereits einige Sänger versammelt. Frau Becker war damit beschäftigt, Noten und Bleistifte aus dem Schrank zu holen. Sie begrüßte ihn, wie es seit so vielen Jahren ihre Art war: freundlich und nüchtern. Er wusste ihre Zuverlässigkeit zu schätzen und konnte in ihrer Sprödigkeit auch die Herzlichkeit sehen. Frau Krüger stürzte auf ihn zu, in ihrer Art das genaue Gegenteil Frau Beckers.

»Herr Mattheis, Herr Mattheis, stellen Sie sich vor, drei neue Personen haben sich für den Alt angemeldet. Wo sollen die denn bloß sitzen? Meinen Sie, neben mir wäre ein guter Platz? Oder vorne, damit Sie sie besser hören können? Ich kann das aber auch für Sie machen.«

»Liebe Frau Krüger, nehmen Sie sie gern unter Ihre Fittiche, ich vertraue Ihnen vollkommen.«

Er kam nicht dazu, seinen Probenplan und die Noten auf das Pult zu legen, ständig gab es Anliegen. Katrin, eine Schülerin des Musikgymnasiums, hatte auch jemanden mitgebracht, schau an, eine Maurer-Tochter, er konnte nicht umhin, sie einmal scharf zu mustern, sagte »Sehr erfreut«, bat sie, sich neben Frau Becker zu setzen, da stand schon der Vorsitzende des Chorvorstands vor ihm und wollte ein paar Termine besprechen, die in der Pause angesagt werden mussten. Und dann begann endlich die Probe.

»Meine Damen, meine Herren, ich freue mich, Sie zur ersten Arbeitsphase von Brahms zu begrüßen. Stehen Sie bitte auf, wir singen uns ein.« Zum Amüsement vieler, er bemerkte es wohl, schaute er immer in das Chorleitungsbuch, das mittlerweile verschlissen war von den unzähligen Proben, die er mit seiner Hilfe begonnen hatte. Als Erstes nahm er sich dann den zweiten Satz des Requiems vor. Natürlich zuerst einmal auf Silbe. Non oder Dim eignete sich besonders gut, wenn Töne gesucht wurden und Struktur hörbar gemacht werden sollte. Dann kam immer das Problem: das Singen mit dem Text. Gute Textverständlichkeit war ihm ganz wichtig, es ging nichts über Deklamation. Schließlich war das Requiem geistliche, verkündende Musik, da hing die Qualität besonders davon ab, dass die Botschaft überbracht wurde. Manche von den neuen Sängern schauten skeptisch, als sie mit allen zusammen gleichzeitig sprechen sollten: »*Denn al-les Fleisch, es ist wwwie Grrrras*. Das Komma muss man hören, noch einmal bitte. *Fleisch, es ist wwwie*

Gras. Ja, aber doch keine Pause, in die man hineinplumpst. Einfach eine innere Zäsur, bitte noch einmal, die Herrschaften. Und jetzt weiter: *Und alle Herrrrrlichkeitdes Menschen…* Lauthalt, herrjeh, Lauthalt. Ich habe es doch vorgemacht. *…keitdes Menschen*, ja, so ist es gut. Und jetzt mit Tönen.«

Es war immer eine harte Arbeit, den Grund zu legen. Die Neuen fügten sich gut ein, er sah zwar kritische und fragende Blicke, aber das war nicht weiter schlimm. Das Maurer-Mädchen sang sogar recht schön. Auch die neuen Altistinnen waren zu gebrauchen. Eine gute Probe insgesamt. Erfolgreich war er, seinen Zeitplan konnte er exakt einhalten. Aber immer musste er »Hersehen« rufen. Warum das nötig war und die Menschen nicht von sich aus Kontakt zum Dirigenten hielten, wusste er nicht. Es plagte ihn. Es schien nicht zu ändern zu sein. Nach der Probe fragte er Frau Becker und Frau Krüger nach ihren Eindrücken der neuen Sängerinnen. Männer bräuchte der Chor viel dringender. Beide waren wohl zufrieden mit den Leistungen der Damen. Und er auch. Überhaupt mit dem Stimmmaterial des Chores, damit konnte er arbeiten. Er wünschte allen ein ruhiges Wochenende und verabschiedete sich bald.

Zu Hause saß Henriette in ihrem Lehnstuhl, ein Buch in den Händen. Natürlich, sie war eine Nachteule. Sie hatte einen Tee bereitet und Obst geschnitten. Sie wusste, dass Albert nach den Proben etwas Zucker brauchte. »Na, wie war die erste Probe?«, fragte sie und sah ihn zärtlich an.

»Zufriedenstellend. Und Brahms klingt auch im Anfangsstadium gut, ist mir nah gegangen. Du weißt, dass das Altern mir sehr bewusst ist.«

»Ach, Albert, mit dem Sterben hat es noch eine lange Zeit. Du lebst und machst uns glücklich und das möge eine lange Weile so bleiben. Gab es denn Heiteres? Es haben sich bestimmt viele gefreut, das Requiem zu beginnen?«

»Nein, Heiteres nicht. Es war eher anstrengend. Und dann ist da auch neu gekommen die Tochter des Kollegen Maurer, ob das glattgeht?«

»Was soll denn da passieren? Ich verstehe die Frage nicht.«

»Nun, der Maurer ist mir ja nicht so grün. Erinnerst du dich nicht? Aber du hast recht, was soll da passieren. Außerdem war sie mir sympathisch. Trotz ihrer kritisch kühlen Blicke.«

»Na siehst du. Sie ist nicht er. Gib ihr eine Chance. Sippenhaft, das ist etwas für Ungerechte, oder?« Henriette wechselte das Thema, fragte ihn, was morgen anstünde. Während er antwortete, dass er in den Wald gehen wolle und dass sie morgen eingeladen seien, dachte er, dass sie seine leisen Bedenken nicht ernst genommen hatte. Natürlich, das Maurer-Mädchen war nur eine Chorsängerin in einem Chor, den er nur noch zwei Jahre lang leiten würde, aber sie war nun einmal die Tochter des Kollegen, mit dem er sich zerstritten hatte, der ihn hart angegangen war, andere Kollegen gegen ihn aufgebracht hatte, was sehr verletzend für ihn gewesen war, und dem er fortan aus dem Weg ging. Ob er jedes Mal, das er das junge Mädchen sah, an den Kollegen denken musste? Das wollte er wirklich nicht. Aber zu grübeln half auch nicht.

»Ich bin müde«, sagte Herr Mattheis schließlich, »Ich lege mich hin. Kommst du auch?«

»Geh du schon einmal vor, ich lese dieses Kapitel zu Ende und komm dann nach.« Sie streckte ihren Arm nach ihm aus, er kam zu ihr und küsste sie zur Nacht.

Am Mittwoch, als Aurelia zum Training kam, wartete Christian auf sie. Er lehnte an seinem Auto, als er sie kommen sah, stieß er sich ab und eilte auf sie zu.

»Hallo Aurelia, ich freu mich dich zu sehen!«

»Hallo Christian«, sagte Aurelia, »du hast auf mich gewartet? Was gibt's?« Aurelias Herz schlug aufgeregt.

»Ich will dich als Co-Trainerin für das Kindertraining werben. Ist freitags von 16 Uhr bis 18 Uhr und du bekommst 12 DM pro Stunde. Bist du dabei?«

»Was muss ich denn dafür tun? Kann ich das?«

»Klar kannst du das, du bist die Assistentin von Uli, der leitet das Training. Du korrigierst Haltungen, zeigst Bewegungen, motivierst. Ist ganz leicht. Ich glaub, du würdest das gut machen.«

»Oh ja, das klingt gut. Ab wann wäre das?«

»Du kannst übermorgen anfangen.«

»Super, das ist toll! Danke, dass du an mich denkst!« Sie jauchzte innerlich. Wenn sie sich geschickt anstellte, konnte sie irgendwann auch Christian assistieren? Oder irgendwie anders mit ihm zusammenarbeiten? Sie hatte davon gehört, dass man Trainerscheine machen konnte. Das wäre doch etwas für sie?

Donnerstag erzählte sie Katrin davon. Sie hatte nämlich die Idee, nach dem Training die Zeit bis zum Chor bei Katrin zu verbringen, die auf dem Weg zwischen Halle und Gemeindehaus wohnte.

»Ja, klar, du kannst kommen!«, sagte Katrin nur. Ihre Freundschaft war abgekühlt in den letzten Wochen, ob es an Aurelias Schwärmerei für Christian lag oder daran, dass Katrin plötzlich ehrgeizig in der Schule geworden war, wusste Aurelia nicht, vielleicht würde die gemeinsame Zeit freitags sie wieder näher zusammenbringen.

Tatsächlich hatten sie am Freitag, als Aurelia nach ihrem Training Katrin besuchte, ein gutes Gespräch. Sie fühlte auch wieder Ansätze der alten Verbundenheit, die für sie in den letzten Wochen in den Hintergrund getreten war.

Auf dem Weg zur Probe sagte Katrin bestimmt: »Heute setzt du dich aber neben Rike! Dann wird es dir gleich viel besser gefallen.«

Rike war ein wenig älter, sie studierte Architektur. Sie hatte dunkle, lebendige Augen und lud in ihrer offenen, fröhlichen Art Aurelia gleich ein, sich neben sie zu setzen. Statt in der dritten saß sie nun in der ersten Reihe, das war ihr eigentlich nicht so recht, aber sie wollte nichts einwenden. Wenn die anderen Stimmen probten, flüsterten sie ein wenig, aber Herr Mattheis schaute mehrfach scharf herüber, da raunte Rike: »Nach der Probe gibt es ein Treffen in der Kneipe nebenan, wir haben da einen Stammtisch, bleib doch ein wenig, dann können wir in Ruhe quatschen.«

Tatsächlich gefiel Aurelia die Probe viel besser. Auch wenn sie sich beglotzt fühlte von Damen aus dem Alt, aber sie guckte einfach zurück. Es machte Freude, neben und mit Rike zu singen, die sicher sang und auch Herrn Mattheis gegenüber offensichtlich frei und selbstbewusst auftrat. Das gefiel Aurelia, denn die Atmosphäre der Ehrfurcht, die sonst in dem Chor herrschte, war ihr unangenehm. So etwas mochte Aurelia nicht. Rike anscheinend auch nicht. Diese Woche wurde zunächst der Mittelteil des zweiten Satzes geprobt und der Chor durfte ihn sogar zum Abschluss der Übungen einmal ganz singen. Oh, Brahms, da war er! Er schwebte durch Aurelias Herz. So sollte es am liebsten weitergehen.

»Sehr gut hier vorne!«, sagte Herr Mattheis nach dem Abschlag.

»Aurelia, er meint dich!« Rike stieß sie in die Rippen. Sie hatte Blick und Geste nicht gesehen, schaute auf Rikes Stoß hin zu Herrn Mattheis, der noch einmal kurz aufblickte, und sie wurde rot. Sie schämte sich ein wenig, war aber auch stolz auf das Lob.

Es ging dann aber nicht so weiter. Herr Mattheis arbeitete detailversessen, die nächste Phase beschäftigte sich damit, dass der Chor wieder sprechen lernen sollte, wie schon in der ersten Probe. Ihr fiel Loriot ein: *Mein Sohn ist sechzehn. Er sitzt und spricht.* Sie lachte innerlich, konnte sich aber auch ein sichtbares Lachen nicht verkneifen, als der Chor Sprachübungen machen musste, unter vorheriger Anleitung in überdeutlicher Aussprache. *Ja, ddder Gggeisssttttt schprichttt Dddass [zzzzz]ie rrrruhennn fffonn ihrrerr Arrbbeittt*

»Herrschaften, es ist unglaublich wichtig, dass Sie differenzieren zwischen stimmhaften und stimmlosen Verschlusslauten. Weiß hier jeder, wovon ich spreche? Ja, nicht wahr, Sie sind ja gebildet, wenn nicht, hören Sie mir einfach aufmerksam zu und machen mir alles genau nach, dann machen Sie alles richtig. Und die Klinnggerrr bitte klingen lassen, kosten Sie sie aus. Also bitte schön!« Alle raunten im Takt die Worte, gaben sich die schönste Mühe und artikulierten unter größter Anstrengung. Es zischte, spritzte, knallte, tönte und summte nur so, dass es eine Freude war. Hätte sein können. Denn Herr Mattheis war mit dem Ergebnis nicht zufrieden. Zweimal musste diese Übung wiederholt werden, Aurelia versuchte mitzumachen, aber sie hatte einen Lachanfall. Keiner, auch Rike nicht, konnte offenbar ihre Erheiterung verstehen. Sie wurde allseits missbilligt und unter den strengen Blicken aus allen Richtungen verstummte auch Aurelias Lachen.

Nach der Probe aber war dann in dem Lokal durchaus eine heitere, lockere Atmosphäre, Aurelia war fast überrascht. Das hätte sie den vielen älteren Menschen, die während der Probe mit ernsten Gesichtern dasaßen, gar nicht zugetraut. Rike führte Aurelia in die Runde ein und setzte sich dann gemeinsam mit ihr auf die Bank. Es waren alle versammelt, die Lust hatten, ein wenig zusammenzusitzen, hier wurde die Probe nachbesprochen, aber auch über alles Mögliche geredet, das Leben, den Alltag, die Hobbys, die Kinder. Aurelia fühlte sich wohl und verstand nicht, dass Katrin die Kneipe nicht mochte, wie sie sagte.

Albert war für eine kurze Zeit zu der Runde gestoßen. Man sah es immer gern, wenn er kam. Selten nur blieb er länger, selten auch kam er nicht. Es war sein Chor und die Menschen waren ihm über all die Jahre so lieb geworden. Mittlerweile konnte er die Mentalität dieser Region besser verstehen und mit ihr zurechtkommen. Das Maurer-Mädchen hatte er heute auch entdeckt, sieh an. Rike hatte sie unter ihre Fittiche genommen, das sah er gern. Auf dem Weg zu dem Platz, den man für ihn freigehalten hatte, ging er an dem Maurer-Mädchen, wie hieß sie doch? er musste Frau

Becker fragen, vorbei und sagte von oben auf ihren Schopf sprechend: »Das fandst du vorhin lustig, was?« Sie drehte sich zu ihm, das Gesicht ganz emporgehoben, und lachte ihn aus fröhlichen Augen an: »Ja, das fand ich sehr lustig!« und drehte sich lachend wieder zu Rike. Er war eigentümlich berührt davon und fragte sich auf seinem Heimweg im Auto, ob sie sich wohl einfügen oder ob sie übermütig und frech sich verhalten würde. Beides schien in ihrem Wesen zu liegen.

Ein paar Wochen später stand am Freitag das Handballturnier an. Aurelias Verein war der Ausrichter, sie hatte gern zugesagt zu helfen, sie hoffte, auch Christian dort zu sehen. Aber er kam nicht. Schade. Sie hatte aber genug zu tun, um nicht die Enttäuschung spüren zu müssen. Ihre Aufgabe war es, die Kinder zu betreuen, sie zu beruhigen, sie zu motivieren; nebenbei sollte sie auch in der Organisation helfen, Schilder kleben, Listen besorgen und ausdrucken. Als sie zur Halle kam, war schon viel Getöse. Etwa zehn Vereine aus der Region hatten sich angemeldet, viele Kinder und Eltern hatten Schwierigkeiten, die richtige Gruppe zu finden. Auf der Suche nach ihren Schützlingen lief Aurelia einem Jungen vor die Brust, den sie aus der Schule vom Sehen kannte, er war eine Stufe über ihr.

»Hey, ich wusste gar nicht, dass du auch Handball spielst«, sagte er.

»Ich von dir auch nicht.«

»Du bist Aurelia, oder? Ich bin Raphael.«

»Woher weißt du?«

»Wir gehen auf dieselbe Schule, hallo? Außerdem kenn ich deine Schwester Emma. Lass uns doch später etwas trinken gehen, jetzt haben wir hier zu tun, was meinst du? Treffen wir uns nach dem Turnier?« Mit einem netten Lächeln tauchte er im Gewühl unter.

»Äh, vielleicht, mal sehen.«

Das hörte Raphael schon nicht mehr. Aurelia war verdattert, sie hatte vorher noch kein Wort mit Raphael gewechselt, nicht mal Blicke auf dem Schulhof getauscht, und jetzt wollte er sich direkt mit ihr treffen. War das eine blöde Anmache? Sie fand ihn eigentlich sympathisch, aber sie wollte lieber zum Chor gehen. Gehen trafs heute auch, ihr Rad war kaputt, hatte einen Platten. Aber das kam später – jetzt war erst einmal der Sport dran.

Meinst du, wir gewinnen? Ich hab mein T-Shirt vergessen, was mach ich jetzt? Wann sind wir noch mal dran? Wann trinke ich am besten was? Ab wann darf ich nichts mehr essen? Kommt Papi in die Halle, wenn er zu spät ist? Kann meine Freundin zugucken? Kannst du mir den Knoten fest schnüren, wenn ich die Schuhe binde, geht die Schleife immer auf. Gegen wen müssen wir spielen? Wie oft spielen wir? Haben wir Pausen? Können wir in unseren Pausen auf die Tribüne gehen? Dürfen wir mit den Gegnern sprechen? Bist du in unserer Nähe?

Aurelia hörte sich alle Fragen der aufgeregten Kinder an und beantwortete sie, als hätte sie zwanzig Ohren. Sie schaffte es, dass alle rechtzeitig zum ersten Spiel am rechten Platz waren. Das erste Spiel fand zwischen dem Ausrichter-Verein und dem Sieger des letzten Turniers statt. In diesem Fall ein anderer Verein der Stadt. Wie es der Zufall wollte, war es offenbar Raphaels Verein, denn der stand wie sie am Rand und feuerte seine Mannschaft an. Er war ganz bei der Sache, Aurelia fand ihn süß. Aber sie war zufrieden, dass ihre Mannschaft gewann. Er rief »Warte nur auf die Revanche später!« zu ihr herüber und kümmerte sich wieder um seine Truppe.

Die Veranstaltung strengte Aurelia an. Dauernd wollte irgendwer etwas von ihr, alle schickten sie hierhin oder dorthin, und die Luft war eklig. Sie freute sich schon bald auf das Ende, das allerdings noch in weiter Ferne war.

Die Revanche gewann ebenfalls Aurelias Verein.

»Tja, du bist wohl im falschen Verein?«, rief sie Raphael zu.

»Sieht so aus!«, sagte er, als er vor ihr stand, denn er war zu ihr gelaufen gekommen. »Vor allem, da es mindestens ein so tolles Mädchen wie dich bei euch gibt.«

Dieser Spruch hatte entschieden.

»Du, heute Abend kann ich nicht, ich habe freitags immer Chor.«

»Na gut, dann nächste Woche mal? Ich bin nicht auf heute festgelegt. Wir reden in der Schule?«

War das Kompliment vielleicht gar nicht so schlimm? Sollte sie mit ihm ausgehen? Immerhin mochte er den richtigen Sport und hatte ein nettes Lächeln.

Nach der Siegerehrung, die Mannschaft von Aurelia belegte den dritten Platz, sah sie zu, dass sie ihre Sachen packte. Schon zwanzig vor acht.

Jetzt musste sie sich aber beeilen. Sie rannte die Ulmenallee entlang, es würde knapp werden, wenn sie Katrin wie versprochen abholen wollte. Sie sah auch keine Telefonzelle, aus der sie hätte anrufen und Bescheid geben können, dass sie es nicht schaffte. Also rannte sie, was mit der blöden Tasche auf dem Rücken beschwerlich war.

Um fünf vor acht war sie bei Katrin, die nicht mehr zuhause war, sie konnte es verstehen. Nun würde Aurelia zum ersten Mal zu spät zum Chor kommen, und das auch noch abgekämpft und in ihren Sportklamotten. Sie hörte den Chor seine Einsingübungen machen. Ehrlich gesagt fand sie es nicht so schlimm, dass sie die verpasste, es waren immer dieselben Übungen und sie gaben keine Energie. Rike hatte keinen Platz für sie freigehalten, so saß sie auf irgendeinem freien Stuhl neben einer unkommunikativen Dame. Das war ihr heute egal, sie war mit sich selbst beschäftigt. Sie überlegte, wie sie sich Raphael gegenüber verhalten sollte. Sie fand es merkwürdig, dass er ihren Namen kannte. Andererseits hatte er Emma erwähnt, Emma war schulbekannt für ihre Art. Sie war wunderschön und charmant, engagierte sich in der SV, war eine gute Schülerin und das alles mit Leichtigkeit und Natürlichkeit. Es gab viele Fans von Emma. Oder wollte er nur mit Aurelia ausgehen, um sie nach Emma auszufragen? Sie würde es nur herausfinden, wenn sie ein Bier mit ihm trank.

Die Probe zog heute an ihr vorbei, sie sehnte sich nach dem Ende, denn sie wollte endlich nach Hause. Katrin schien sauer zu sein, dass sie sie nicht abgeholt hatte. Sie verschwand sofort nach der Probe. Rike kam zu Aurelia.

»Mensch, warum warst du denn so spät? Hätte ich gewusst, dass du doch kommst, hätte ich dir einen Platz freigehalten.«

»Ich war auf einem Handballturnier für Kinder, das dauerte so lang, ich hatte nicht mal Zeit, mich umzuziehen, furchtbar hektisch der Tag heute.«

»Bleibst du noch?«

»Nein, heute nicht. Ich bin total kaputt.«

»Schade, echt schade.«

Sie redeten aber noch eine kleine Weile im Flur und dann verließ Aurelia das Gemeindehaus. Sie schlurfte, schnell konnte sie nicht mehr gehen. Zum Glück waren die Wege in dieser Stadt ja nicht weit, dennoch nervte es sie, dass sie gehen musste.

»Aurelia, soll ich dich nach Hause fahren?«

Sie fuhr herum, diese Stimme kannte sie, elektrisierte sie. Hinter ihr hatte soeben Herr Mattheis sein Auto aufgeschlossen.

»Ähm, aber ich wohne vielleicht gar nicht in Ihrer Richtung?«

»Das ist egal, komm, steig ein, dann musst du nicht durchs Dunkel laufen, darüber würde ich mich auch freuen.«

Es war ihr seltsam, Herrn Mattheis so nah zu sein. Ein eleganter Autofahrer war er nicht, fuhr ziemlich holprig. Sie nahm seinen Geruch wahr, er hoffentlich nicht ihren, denn mit Schrecken fiel ihr ein, dass sie nicht geduscht hatte; immerhin trug sie jetzt ihre Regenjacke.

»Ich weiß im Übrigen, wo du wohnst, Mädchen. Dein Vater hat meine Frau und mich einmal zu einer kleinen Gesellschaft eingeladen.«

»Ach, das wusste ich nicht.«

»Ist auch schon eine ganze Weile her. Wie gefällt es dir denn im Chor?«

»Recht gut. Rike ist nett und ich liebe Brahms.«

»Neulich warst du undiplomatischer, weißt du, was ich meine? Dein Kichern während der Sprechübung.«

Hatte ihn das wirklich getroffen? Immerhin erwähnte er es zum zweiten Mal. Sie schaute hinüber zu ihm, der sich ihr aber nicht zuwandte, weil er konzentriert auf die leeren Straßen sah. Er lächelte jedoch.

»Ich seh dich, auch wenn ich nicht den Kopf wende. Ich jedenfalls freu mich, eine so geschickte Sängerin gewonnen zu haben.«

»Oh, danke! Das ehrt mich.«

»Und es war mir eine Ehre, dich heimzubringen. Schlaf ganz fein wie die lieben Engelein. Und bis nächste Woche, nicht wahr?«

»Ja, ich freu mich schon. Schlafen Sie auch gut. Danke fürs Nachhause bringen!«

‚Du hattest recht, Henriette, Sippenhaft ist etwas für Ungerechte.', dachte Herr Mattheis erleichtert.

Hu, sagte Aurelia zu sich selbst, als sie die Autotür zugeworfen hatte, das war ja was. Albert Mattheis hat mich nach Haus gebracht. Erstaunlich. Es war aufmerksam und nett von ihm gewesen und sie hatte sich auch gar nicht unwohl gefühlt in seiner Gegenwart. Sein hintersinniges Lächeln quasi um die Ecke hin zu ihr hatte sie echt süß gefunden. Grinsend drückte sie die Haustür auf. Es hatte wieder keiner abgeschlossen, ihre Familie lebte leichthin und unbesorgt, ihre Tür stand immer »auf Drücken«, wie sie es nannten, jeder konnte einfach hineinspazieren. Nur selten verriegelte einer von ihnen die Tür, sie tat das jetzt. Es war immerhin später Abend. Auf dem Boden fand sie einen Zettel, erleuchtet von einer Kerze. Er war für sie von ihrem Vater.

Na, Aurelia, wie war denn das Singen mit dem hochgeschätzten Kollegen? (Spricht er mit dem Chor eigentlich auch immer wie gedruckt?) Hast du morgen Zeit für einen Spaziergang? Darüber würde sich freuen dein Retav.

Es war immer schön, wenn sie Briefchen fand. Meistens schrieb Leonie ihr kleine Post, denn Leonie war zur Zeit sehr anhänglich; Aurelia merkte, dass sie nach dem Geschmack ihrer jüngeren Schwester zu wenig Zeit mit ihr verbrachte, aber das konnte Aurelia derzeit nicht ändern. Über die Einladung ihres Vaters zum Spaziergang war sie froh, sie machten regelmäßig kleinere Wanderungen und erzählten sich, was sie gerade bewegte, wobei ihr Vater derjenige war, der mehr fragte und viel über Aurelias Leben wissen wollte.

Sie schrieb kurz zurück, damit er morgen, wenn er wie immer früh nach unten kam, die Antwort fand.

Lieber Papa, ich freu mich auf unseren Spaziergang. Wie wäre es nach dem Mittagessen? Dann erzähl ich dir auch etwas über deinen Kollegen, den du so wenig liebst. A

»Wohin gehen wir?«

»Einmal um den Flugplatz?«

»Gerne, in einer Stunde etwa hab ich dann wieder eine Probe, aber das schaffen wir, stimmt's, meine Tochter?«

»Ja, mein Vater!« Aurelia hakte sich unter.

»Dann erzähl doch mal, was alles los ist in deinem Leben.«

»Viel! Ich fang beim Singen an, ja? Es gefällt mir so gut, auch wenn ich bis jetzt kaum etwas vom Brahms höre. Herr Mattheis probt detailliert, lässt nicht einfach durchsingen, auf Text schon gar nicht, sondern immer auf solchen Silben.«

»Das sorgt für Durchhörbarkeit, da bin ich ganz der Meinung des Kollegen, das muss sein, das ist Handwerkszeug. Wir Instrumentalisten können das nicht genau entsprechend machen, aber wir sorgen anfangs auch dafür, dass wir uns erst einmal auf die Basis verständigen und kümmern uns erst danach um den Ausdruck. Aber warum gefällt es dir so gut? Viel Spaß macht das nicht gerade, oder?«

»Geht so. Vielleicht finde ich einfach nur ihn witzig.«

»Witzig? Das habe ich nie mit diesem Kollegen assoziiert.«

»Echt nicht? Ich lach sehr viel über die Art, wie er dem Chor die Aussprache beibringen will und wie er selbst spricht. So umständlich. Aber durchaus humorvoll. Wenn er nicht gerade ultrastreng ist.«

»Ja, dafür ist er bekannt. In jungen Jahren war er wohl noch härter.«

»Und es muss immer still sein, man darf nicht miteinander reden, sonst guckt er böse.«

»Das kann ich mir gut vorstellen und finde es komisch, dass es dir bei ihm gefällt.«

»Warum?«

»Was du erzählst, klingt nach einer kühlen Atmosphäre und mir fehlt die Wärme in seiner Musik; ich hab dich so eingeschätzt, dass du das ähnlich siehst. Technisch ist alles perfekt in seinen Aufführungen, aber wo schlägt das Herz? Ich kann es nicht spüren.«

»Ich glaube, nach der Probe in der Kneipe ist er anders. Da trifft sich der ‚Stammtisch', ich saß weit weg von ihm, aber ich hatte den Eindruck, dass er sich freundlich mit seiner Umgebung unterhielt. Naja, wie auch immer, ich mach jetzt auf jeden Fall den Brahms mit, ich werde ja sehen, ob es mir dauerhaft gefällt oder nicht. Momentan gehe ich jedenfalls gern hin.«

»Tant mieux!«

»Kommst du denn zum Konzert?«

»Natürlich, Aurelia! Ist doch wohl klar!«

»Naja, ich dachte nur. Ihr mögt euch wirklich nicht, oder?«

»Ob man das so sagen kann? Jedenfalls harmonieren wir nicht sonderlich gut miteinander und sehen manche zentralen Dinge unterschiedlich, aber ich habe Respekt vor seiner Leistung und von ihm habe ich auch nie ein schlechtes Wort über mich gehört. Wir gehen uns aus dem Weg. Ich finde das in Ordnung.«

»Ich auch. Ich hatte ehrlich gesagt befürchtet, dass er mir gegenüber abweisend sein würde wegen meines Namens, ist er aber nicht.«

»Er ist in allen Bereichen ein absoluter Profi, darauf kann man sich auf jeden Fall verlassen. Und du wirst ja nie in die Verlegenheit kommen, vor ihm auf der Hut zu sein.«

»Du denn? Erzähl!« Das wollte Aurelia wirklich gern wissen.

»Schau mal, welch schöne Wolke da oben am Himmel!«

»Papa! Haha! Los, erzähl!«

»Nein, ich habe gerade schon zu viel gesagt. Was beschäftigt dich außerdem? Sprechen wir lieber darüber. Noch immer der Faust?«

»Ja, ach, der ist so großartig. Und mit Herrn Mahlmann macht der Unterricht auch so viel Freude. Ich lerne ganz viel. *Die Geisterwelt ist nicht verschlossen! / Dein Sinn ist zu! Dein Herz ist tot!* Ist das nicht großartig? So impulsiv!«

»Kannst du denn etwas damit anfangen? Mit der Geisterwelt?«

»Klar! Wir haben doch letztes Jahr auch *Krabat* aufgeführt. Erinnerst du dich? Du hast auch mal eine Probe geleitet. Wie da Krabat in der Flamme der Kerze der Kantorka erscheint, hat mich fasziniert. Natürlich spielt das Nachdenken über Geister eine Nebenrolle, den frustrierten Faust haben wir hinter uns, gerade erleben wir den wilden, rücksichtslosen. *Mag ihr Geschick auf mich zusammenstürzen / und sie mit mir zugrunde gehen.* Wir sollten im Unterricht ein Psychogramm erstellen und sein Verhalten bewerten. Stell dir vor, es gab auch welche, die meinten, Gretchen sei selbst schuld, sie müsse ja nicht mitmachen. Da ging's ganz schön zur Sache in der Diskussion! Herr Mahlmann meinte, wir sollten darüber nachdenken, wer, wenn nicht wir selbst, die Urheber unseres Lebens und Verhaltens sind und wer Verantwortung für das trägt, was geschieht. Es leuchtet mir zwar ein, dass jeder viel Einfluss auf sein Verhalten hat, aber für mich ist klar, dass Faust Gretchen und ihre Naivität ausnutzt. Oder was meinst du dazu?«

»Kluge Frage deines Lehrers. Aber ich stimme dir zu: Machtverhältnisse spielen immer eine Rolle und müssen berücksichtigt werden. Faust ist viel lebenserfahrener und ein angesehener Mann, für ihn ist Gretchen ein leichtes Opfer, und Faust nimmt sie sich absolut kalkulierend. Kein schöner Zug der männlichen Hauptfigur.«

»Stimmt, unter dem Aspekt Mann-Frau habe ich das noch gar nicht betrachtet. Interessanter Gedanke, muss ich mal mit Rosa besprechen. Aber abgesehen von Deutsch läuft Schule gerade eher nebenbei.«

»Was ist denn die Hauptsache? Der Chor?«

»Ja und auch der Sport. Letztens beim Kinderturnier habe ich jemanden getroffen, aus dem werde ich aber nicht schlau.«

»Wer ist das? Und warum wirst du nicht schlau?«

»Raphael heißt er, ist eine Stufe über mir. Er war recht offensiv, aber als ich seine Idee, nach dem Turnier etwas trinken zu gehen, ausgeschlagen hab, hat er ziemlich gleichmütig darauf reagiert.«

»Wärest du gern stärker umworben worden? Bist du wohl ein wenig verliebt? Wenn ich dich so ansehe, wie du von ihm sprichst, und vor allem höre, wie deine Stimme klingt, dann würde ich glatt darauf tippen.«

»Echt? Du und deine Ohren. Kann schon sein, dass ich verknallt bin, ja. Oder wenigstens mach ich mir Gedanken über ihn. Er war auch so umwerfend, fast im wörtlichen Sinn, wie er da plötzlich vor mir stand. Ich bin richtiggehend gegen ihn gelaufen. Hmm. Spannend. Mal sehen, was ich dir bei unserem nächsten Spaziergang erzählen werde.«

»Wirst du ihn denn treffen?«

»Ich denke, ja. Oh Mann, was das wohl wird?« Aurelia sprang in die Luft, drehte sich, ging rückwärts und fragte ihren Vater: »Wolltest du früher auch manchmal in die Zukunft schauen können? Warst du auch so ungeduldig? Ich fühl mich so ungeduldig, ich will die Schule hinter mir haben, es kann mir nicht schnell genug gehen mit dem Erwachsenwerden.« Sie ging wieder neben ihm. »Alles prickelt in mir vor Neugierde auf das Leben. Ich will studieren, diskutieren, neue Leute kennenlernen.«

»Ja, das ging mir damals ähnlich, es waren aber auch andere, bedrückende Zeiten, da herrschte nicht die Freiheit, die du jetzt kennst. Aber ich kann dich trotzdem gut verstehen. Aufbruch! Und so lange musst du ja auch nicht mehr warten.«

Sie waren wieder zuhause angekommen. »Es ist immer so toll, mit dir zu sprechen.« Sie umarmte ihren Vater. »Eine schöne Probe wünsche ich euch! Bis heute Abend oder so!«

Aurelia rechnete jeden Tag in der Schule damit, dass sie Raphael treffen würde. Aber sie sah ihn nicht. Sie hatte Rosa von dem Treffen erzählt, die kannte ihn auch nicht und riet Aurelia, entweder selbst aktiv zu werden oder abzuwarten. So verging die Woche relativ ereignislos. Sie freute sich auf die Probe im Chor. Diese dauerte für alle, die nur den Brahms sangen, eine halbe Stunde kürzer, denn die verbleibende Zeit wurde für den Gottesdienst am übernächsten Sonntag geprobt. Aurelia blieb spontan sitzen, sie fühlte sich neuerdings so viel wohler, willkommener. Das lag natürlich an Rike, aber auch an der Begegnung mit Herrn Mattheis letzten Freitag. Sie hatte das Gefühl, dass auch er sie anders ansah, flüchtig zwar nur und kaum wahrnehmbar, aber Aurelias Antennen hatten sie noch nie getrogen. Besonders dann nicht, wenn sich diese Antennen bewusst auf jemanden gerichtet hatten, und das hatten sie. Sie fand Herrn Mattheis faszinierend. Sie mochte es, wenn jemand ernsthaft und fordernd mit ihr arbeitete. Sie mochte auch die meisten ihrer Lehrer, denn sie hatte Glück und nur wenige Luschi-Typen, die lieber beste Freunde als Lehrer sein wollten. Am liebsten hatte sie Herrn Mahlmann. Von ihm hatte sie gelernt, wie man einen Text auslegen kann, worauf man achten muss, wenn man die Facetten der Sprache sehen und hervorheben möchte. Den meisten aus ihrem Kurs war der Unterricht zu öde, sie aber sog jedes Wort auf, das er sagte. So ähnlich war es auch mit Herrn Mattheis. Mit dem Unterschied, dass es hier um Musik ging, um etwas, das nur gemeinsam entstehen konnte.

Aurelias Antennen meldeten ihr, dass Herr Mattheis erfreut registrierte, dass Aurelia den Raum nicht verließ.

Es wurde ein blaues Buch ausgeteilt mit Psalmliedern.

»So, meine Herrschaften, wir proben nun für den Gottesdienst am übernächsten Sonntag. Bitte die Seite 23 im Buch aufzuschlagen. Sie haben hier ein Lied aus dem Genfer Psalter vor sich. Sie erinnern sich an die Besonderheit des Psalmlieds? Den Brahms müssen Sie jetzt vergessen und sozusagen ein anderes Mundstück aufsetzen, verstehen Sie?«

Das Bild des Mundstücks fand Aurelia passend, sie hatte zwar nie zuvor von dem Psalmlied gehört, verstand aber schnell, worin der Unterschied zur romantischen Linienführung lag. Ihr gefiel der Duktus dieser Musik, die Klarheit und Schlichtheit. Genfer Psalter – darüber musste sie mehr erfahren. Herr Mattheis dirigierte nun ganz anders als in der Brahms-Probe. Klar hatte sie schon gewusst, dass es unterschiedliche Stile gibt und dass Brahms nicht wie

Bach klang, aber bewusst wurde ihr erst jetzt, dass Klang und Stil sich nicht nur an den notierten Tönen entschieden, sondern in besonderer Weise an der Art und Weise der Phrasierung, Betonung und Tongebung. Sie fühlte sich beschwingt von der Musik, sie ging ihr zu Herzen, ganz anders als der Brahms, der sie nachdenklich, weich und auch ein wenig melancholisch machte, das Psalmlied gab Kraft, unmittelbar und auch körperlich.

»Du, Rike! Das ist aber eine berührende Musik. Kanntest du die Psalmen schon?«

»Ja, klar, Mensch, ich singe seit fast zehn Jahren in der Kantorei, da kann man die Psalmen nicht nicht kennen, ist Herrn Mattheis Schönstes.«

»Ach so?«

»Ja, aber mir gefallen sie nicht so gut, ich mag Bach-Choräle lieber. Ich find das Psalmlied zu steif, zu hart, fast militärisch. Aber psst, er guckt schon wieder.«

Aurelia wandte sich wieder ihren Noten zu und lauschte genau, wenn die anderen Stimmen ohne den Sopran sangen. Militärisch? Sie verstand zwar, was Rike meinte, aber sie würde diese Kraft Vitalität nennen. Ja, das passte gut. Das war Musik, die den Lebensnerv traf, jedenfalls ihren in diesem Moment. Sie wollte unbedingt mehr über die Psalmen erfahren. Am besten war, sie sprach einmal mit Herrn Mattheis.

Christe, du Lamm Gottes, der du trägst die Sünd der Welt, gib uns deinen Frieden. Unten sang die Gemeinde und bereitete sich auf das Abendmahl vor. Albert begleitete sie an der Orgel. Der Pfarrer hatte heute interessant gepredigt über Matthäus 6, Verse 5 und 6. Manchmal hörte er trotz der vielen Dienstjahre noch Neues. Seit langer Zeit schon setzte er sich, wenn es Zeit für die Predigt war und er also ein paar Minuten Pause hatte, in seinen Sessel, den ihm ein Gemeindemitglied geschenkt hatte, und las. Heute hatte er einen Prospekt über den Isenheimer Altar dabei als Vorbereitung auf die kurze Tour durchs Elsass, die er bald unternehmen wollte. Aber heute war da etwas in den Worten des Pfarrers über die Heuchler, die sich zur Schau stellten, das ihn aufhorchen ließ. War das, was man aufrecht im Verborgenen tat, mehr wert als das, was man vor den Augen der Welt tat? Und für ihre Augen? Er selbst hatte einen großen Teil seines beruflichen Wirkens auf einer Bühne verbracht. Machte ihn das zu einem Heuchler? Er hatte bislang nie darüber nachgedacht, ob die Bühne per se ein Ort des Unglücks sei. Albert empfand sich nur als Mittler der Musik, andererseits konnte er nicht leugnen, dass er gesehen wurde und es genoss, wenn das Publikum klatschte und die Presse jubelte. Welchen Lohn würde er, allzu bald, am Ende seines Lebens bekommen? Von der Welt hatte er Lob und Aufmerksamkeit, ja Huldigung erfahren. Welt ließ sich blenden, ein Blender wollte er aber wahrhaftig nicht sein. *Wer selber glänzen will, / der wird nicht erleuchtet.* Albert ließ sich von diesen Gedanken verunsichern und betrüben. Henriette sagte immer, er habe das Talent, sich das Leben schwer zu machen. Beim Mittagstisch wollte er mit ihr darüber sprechen.

Das Abendmahl neigte sich dem Ende zu, er spielte eine Variation eines Chorals dazu. Gleich während des Dank- und Fürbittengebets musste er schnell die Noten für das Nachspiel holen, er hatte sie wohl vergessen und sie steckten in der Tasche, hoffentlich sprach der Pfarrer lang genug. Er wandte sich auf der Orgelbank um, blickte zum Sessel, neben dem seine Tasche stand, und erschrak sehr. Wie ein Blitz durchzuckte es ihn, denn auf dem Sessel saß Aurelia. Wie hatte sie es nur unbemerkt dorthin geschafft? Er lief auf sie zu. »Ich freue mich, Mädchen, dich zu sehen! Ich kann es kaum glauben. Bleib hier sitzen, ja, ich muss nur noch schnell das Nachspiel spielen.« Auch kaum glauben konnte er, wie ihre Augen ihn anstrahlten. War es nur die Freude darüber, dass ihr die Überraschung geglückt war?

Als er geendet hatte, sprang er sofort von der Bank und eilte zu ihr. Sie hatte sich erhoben, um ihn zu begrüßen, aber auch, um ihm seinen Sessel anzubieten. Sie gaben sich die Hände.

»Das ist aber eine Überraschung. Wie kommt es, dass du hier bist?«

»Ich wollte Sie sehen. Und Sie etwas fragen zu dem, was Sie vorgestern im Chor gesagt hatten.«

»Nur zu, ich freue mich, wenn du etwas von mir wissen möchtest.«

Sie errötete leicht. Aber vielleicht bildete er sich das auch nur ein, schließlich saß sie mit dem Rücken zum Licht und er war geblendet vom Licht der Kirchenfenster und der Schönheit dieser jungen Frau, die eigentlich ein Mädchen noch war.

»Ich würde gern mehr über den Genfer Psalter wissen. Ich fand die Musik, die wir am Freitag geprobt haben, so besonders, ich war elektrisiert. Was ist das Besondere an dieser Musik? Sie ist doch typisch reformiert, oder?«

»Ach, das ist eine Frage, die mir einen ganzen Himmel aufschließt. Wie freu ich mich, dass so ein junger Mensch wie du davon erfahren will. Du hast recht, der Psalter gehört zum reformierten Liedgut. Johannes Calvin… kennst du Johannes Calvin?«

»Das war ein Reformator.«

»Genau.« Albert erzählte. Von Calvin, der rhythmischen und metrischen Umdichtung des Psalms als Lied, von poids et majesté, er erzählte von der Art und Wirkung des Psalmlieds eben. Um Aurelia ein Beispiel zu geben, sang er für sie: *Wie herrlich gibst du, Herr, dich zu erkennen* Atem *Schufst alles, deinen Namen uns zu nennen* Atem *Der Himmel ruft ihn aus mit hellem Schall* Atem *Das Erdenrund erklingt im Widerhall.* »Die Wirkung dieses Liedes, von vielen Kehlen gesungen, würde dich beeindrucken, möglicherweise sogar beängstigen. Oder? Das ist die Macht des Psalmlieds.«

»Könnte gut sein! Ich fand es wie gesagt elektrisierend, als wir es am Freitag gesungen haben. Aber wie kommt es, dass wir im Chor vierstimmige Sätze der Psalmen singen? Sie sprachen doch gerade von Einstimmigkeit.«

»Weißt du, alles, was gut ist, wird von künstlerischen Menschen adaptiert. Und die Psalmenlieder sind gut in ihrer konzentrierten Form, die nur das Wesentliche hervorhebt. Dieses Wesentliche wollten Claude Goudimel zum Beispiel oder Claude Lejeune durch Harmonisierung unterstreichen. Ob das geglückt ist, bleibt dem Empfinden jedes Menschen überlassen. Ich finde sehr wohl, dass es geglückt ist. Das hast du dir jetzt bestimmt schon in deinem fixen Kopf gedacht. Sonst sängen wir es ja nicht.«

»Stimmt!«, lächelte Aurelia, offenbar erfreut über seine Bemerkung. »Und warum singen wir nicht auf Französisch?«

»Ach, das wäre schön. Aber die deutschen Übertragungen von beispielsweise Ambrosius Lobwasser sind sehr gut. Am liebsten würde ich die Psalmen natürlich auf Französisch aufführen. Weißt du, dass Französisch meine zweite Muttersprache ist?« Was erzählte er ihr denn hier alles? Seine Schulzeit tat doch wirklich nichts zur Sache. Aber er sprach gern mit ihr. Außerdem freute er sich, dass ihr Blick anders als in den Proben jetzt nicht kritisch, sondern interessiert war.

»Wieso das? Haben Sie eine französische Mutter?«

»Fast, ich habe in meiner Jugend, lang lang ist es her, exzellent Französisch gelernt, weil die Gegend, aus der ich stamme, die Rheinebene, nicht weit von Frankreich entfernt liegt und außerdem die Mutter meines besten Freundes Französin war und ich viel Zeit bei ihm zuhause verbracht habe. Aber die wenigsten Deutschen und schon gar nicht die Zungen dieser Region hier können Französisch sprechen. Dazu gibt es eine lustige Geschichte: Kennst du die Geschichte von Piep Lamp und Röhr?« Er kam vom Hundertsten ins Tausendste, was tat er hier denn eigentlich? Wollte er sie beeindrucken? Normalerweise war er nicht so redselig. Er schüttelte innerlich den Kopf über sich.

»Erzählen Sie!« Das tat er nur zu gern.

»Ein preußischer Militär wollte dem siegreichen Napoleon einen würdigen Empfang bereiten, als dieser sich in der Stadt ankündigte. Der Preuße ließ also das Volk versammeln und laut schreien: Piep Lamp und Röhr! Wenn du dir vorstellst, dass diese Worte durch die Deklamation Hunderter verzerrt werden, dann kannst du ermessen, was Napoleon hören sollte und seinem Naturell gemäß bestimmt auch gehört hat: Vive l'empereur!«

Aurelia musste lachen, denn das amüsierte sie. Genial. Ihr kullerndes Lachen hallte in der Kirche wider, es war schon lang kein Mensch mehr da, den das hätte stören können. In ihren Augen hing noch das Lachen, als sie ihm dankte für die Erläuterungen. Sie stand auf.

»Das habe ich wirklich gern gemacht. Komm doch wieder, wenn du wieder einmal etwas wissen möchtest. Du weißt ja, wo du mich findest. Ich wünsche dir einen gesegneten Sonntag!«

»Den wünsche ich Ihnen auch.«

Auch zum Abschied gaben sie sich die Hände und Albert konnte nicht anders als ihre Hand einen kurzen Moment länger zu halten, denn er wollte diesen einen Moment lang im Licht ihrer Augen sein.

Er sah ihr nach, wie sie fortging, sich in der Tür umdrehte um ihn anzublicken und dann verschwand, schnell und leicht war ihr Gang, es war ein Wehen um sie, das sie zu tragen schien. In all den Jahren hatte er keinen Besuch hier auf der Empore während des Gottesdienstes erlebt. Er lächelte vor sich hin. Ein erstaunlicher Mensch war sie. Auch davon wollte er Henriette erzählen.

Am Montag stand nach der zweiten Stunde Raphael vor dem Raum, in dem Aurelia Unterricht gehabt hatte. Als sie den Raum verließ, zog er sie am Arm.

»Hallo Aurelia, da bin ich! Ich hoffe, du hast mich nicht vergessen. Weißt du noch: das Kinderturnier vor einer Woche?«

»Oh, Raphael, klar erkenne ich dich wieder. Das ist ja eine Überraschung, woher wusstest du, dass ich hier gerade Deutsch hatte?«

»So schwer ist das nicht, das herauszufinden. Kommst du mit mir in die Cafeteria?« Eigentlich wollte Aurelia sich mit Rosa treffen, sie sahen sich immer montags in der ersten großen Pause, um sich auf den neuesten Stand zu bringen, wenn sie sich am Wochenende nicht gesehen hatten. Aurelia hatte einiges zu erzählen, aber im Moment reizte sie es mehr, Raphael zu begleiten und ein bisschen mehr über ihn herauszubekommen. Rosa würde das verstehen. Außerdem hatten sie gleich Mathe zusammen.

»Ja, gut, lass uns gehen.« Allzu euphorisch wollte Aurelia nicht wirken, war sie schließlich auch nicht.

»Super, ich lade dich auf eine Cola ein.«

»Ih, Cola, nein danke, aber ich nehme gern ein Brötchen, ich hab nämlich Hunger. Und? Wie sieht's aus? Denkst du über einen Vereinswechsel nach? Schließlich hast du neulich gesehen, wer hier der beste Verein in unserer Stadt ist, oder etwa nicht?«

»Von wegen. Das war Glück. In den vergangenen Jahren haben wir immer die Nase vorn gehabt. Wahrscheinlich waren die Kinder einfach so von ihrer neuen Betreuerin beflügelt.« Dabei grinste Raphael sie an. »Und ich hab dich da vorher wirklich noch nie gesehen.«

»Das liegt wohl daran, dass ich da vorher auch noch nie war. Wie lange bist du denn schon dabei?«

»Ach, schon lang, sehr lang. Ich spiel Handball, seit ich denken kann.«

Sie waren mittlerweile in der Schlange vor der Theke angekommen, Katrin hatte schon einen Kakao ergattert und kam an ihnen vorbei.

»Oh hallo Aurelia, wie geht's?« Sie guckte dabei aber Raphael an, der für Aurelia antwortete.

»Mir geht's super, ich steh hier nämlich mit dem charmantesten Typen der Schule zusammen, der mich auf ein Brötchen einlädt. Das macht ihn unwiderstehlich, findest du nicht auch?« Aurelia boxte Raphael ihren Ellbogen in die Rippen. »Hey, Klappe!« Sie blitzte ihn dabei aber herausfordernd an.

»Ja, mir geht's wirklich gut. Wir sehen uns Freitag, gell? Diesmal bin ich wieder wie normal da.«

»Ach, du, gut, dass du das ansprichst, mir passt das nicht mehr, dass du vor der Kantorei immer kommst. Ich hoffe, das ist nicht schlimm für dich?«

»Nein, ist schon ok. Dann sehen wir uns also in der Probe?«

»Naja und im Unterricht, oder?« Mit einem schnippischen Blick verzog Katrin sich.

»Was war das denn?« fragte Raphael. Aurelia war verdattert. Hatte sie Katrin dadurch verletzt, dass sie nach dem Kinderturnier nicht mehr bei ihr vorbeigekommen war? Aber sie hatte nicht anders gekonnt. Diese Begegnung tat ihr weh. Neulich hatten sie das gute Gespräch über Christian gehabt, der Aurelia vor zwei Wochen dann doch zu forsch gewesen war an einem Abend nach dem Training, er hatte sie bedrängt und einen Kuss erzwungen. Katrin war einfühlsam gewesen, hatte sich für Aurelias Geschichte interessiert. Und jetzt hatte sie sie eiskalt stehen gelassen.

»Ach, vergiss sie. Katrin heißt sie, wir singen zusammen und ich bin einige Wochen lang zwischen Training und Kantorei bei ihr gewesen. Schätze, sie will *noch* mehr lernen, keine Ahnung, warum sie nicht mehr will, dass ich komme.«

»Das scheint dir aber etwas auszumachen. – Du kannst stattdessen ja zu mir kommen.«

»Haha, sehr lustig. Ich kenne dich kaum.«

»Stimmt, dann lernen wir uns einfach kennen.« Raphael lachte sie entwaffnend an.

»Lass uns uns erst einmal auf ein Bier treffen, ok?«

»Ja, gerne.« Raphael reagierte anscheinend vollkommen unbefangen darauf, dass sie seine Einladung, zu ihm nach Hause zu kommen, so deutlich ausgeschlagen hatte. »Wie wäre es diese Woche? Freitags, das weiß ich schon, kannst du nicht. Scheint wichtig zu sein, dieser Chor.«

»Ja, das siehst du ganz richtig. Ich kann Donnerstag und Dienstag.«

»Ok, Donnerstag. Um acht im Schneiders?«

»Alles klar. Bin dann da.« Mittlerweile hatte es geklingelt, für das Brötchen war keine Zeit mehr, schade, fand Aurelia, denn ihr knurrte wirklich der Magen.

Zum Matheraum kam sie fast zu spät. Rosa saß schon auf ihrem Platz und schaute sie interessiert und fragend an.

»Hey, sorry, aber Raphael hat mich abgefangen, direkt am Raum. Ich hatte dir doch erzählt, dass er mich beim Turnier angesprochen hatte – heute stand er da.«

»Soso, spannend! Erzähl. Aber leise, Herr Krämer guckt schon schief rüber.«

»Ich erzähl's dir später, ok? Mathe ist nicht so mein Fach, da muss ich unbedingt aufpassen.«

Da ging die Tür auf und Raphael stand da. »Entschuldigen Sie, Herr Krämer, ich wollte Aurelia ihr Brötchen bringen, sonst verhungert sie. Das wollen Sie doch nicht? Die Pause war zu kurz.«

»Raphael, spannen Sie mich nicht für einen Ihrer Flirtversuche ein. Und Sie gehen einfach davon aus, dass ich Mampfen und Kauen im Unterricht dulde? Aber ich bin ja Humanist, also: Sie sehen, wo das Ziel Ihres Anschlags sitzt. Und in Gottes Namen, Aurelia, wenn Sie wirklich solch einen Hunger haben, dann essen Sie, aber leise!«

Aurelia wusste nicht, wohin sie schauen sollte, ob in das Gesicht ihres Lehrers, der ihr ein freundliches und ironisches Lächeln schickte, oder in Raphaels, der strahlend auf sie zukam und mit einem Blinzeln die Brötchentüte auf den Tisch legte.

»Danke!« sagte sie verdattert. In der Tüte fand sie das Brötchen und ein Bonbon, beide mit einem Zettelchen beschriftet. Auf dem Brötchen stand: für die umwerfendste Handballerin der Stadt. Und auf dem Bonbon: für Rosa, die Freundin der umwerfendsten Handballerin der Stadt.

»Ich glaub, du musst mir einiges erklären, Aurelia.« Rosa guckte sie neugierig und voller Vorfreude an. »Aha, du wirst rot. Na, dann gibt es wirklich was zu erzählen. Nächste Pause, du entkommst mir nicht!«

Aurelia überlegte die restliche Stunde, ob sie Raphaels Verhalten aufmerksam und charmant finden sollte oder aufdringlich. Dass er auch Rosa bedacht hatte, fand sie seltsam. Klar, Rosa und sie liefen immer zusammen durch die Schule, aber woher wusste er Rosas Namen? Dass er ihren eigenen kannte, hatte sie ja schon gewundert. Das musste sie alles mit Rosa besprechen. Sie kritzelte in ihr Heft: Hast du heute Abend Zeit? Ich würd lieber mit dir in Ruhe reden und nicht zum Training gehen. Rosa antwortete auf ihrem Block. Ok, gern. Kommst du zu mir? Um halb sieben?

Um halb sieben klingelte Aurelia mit einem Glas Oliven und einer Schokolade bei Rosa. Ihre Mutter öffnete die Tür. »Hallo Aurelia, schön, dich zu sehen. Rosa hat dich schon angekündigt. Sie ist oben.«

»Hey, meine Süße! Oh, Oliven und Schoki; das ist aber eine schräge Kombination. Komm, setz dich. Du wirkst nachdenklich und gar nicht überschwänglich, erzähl mal von Anfang an.« Aurelia hockte sich neben sie auf den Boden, lehnte sich an das Bett und aß ein Stück Schokolade.

»So viel gibt's da nicht, von dem Treffen in der Turnhalle hab ich dir schon erzählt. Dazwischen ist nichts passiert, erst heute dann. Ich kann mich nicht entscheiden, wie ich ihn einschätzen soll. Ich find ihn sympathisch und lustig, er hat eine positive Ausstrahlung, andererseits ist er so offensiv, und es macht mich stutzig, dass er Emmas, meinen und anscheinend auch deinen Namen kennt. Wie kommt das?«

»Naja, wir sind nur eine Stufe auseinander und auch von Emma trennt ihn nur eine. Ich kenne auch viele Namen aus den benachbarten Stufen. Das finde ich nicht so schlimm. Du bist da zu misstrauisch. Ich fand eher den Spruch von Krämer interessant.«

»Das mit den Flirtversuchen? – Ja, das habe ich auch schon gedacht.« Sie sprachen lange darüber. Irgendwann sagte Rosa: »Letztlich können wir überlegen, so viel wir wollen: du kannst nicht logisch herleiten, ob er in Ordnung ist oder nicht, sondern musst dich auf dein Bauchgefühl verlassen.«

»Und wenn ich keins hab?« Aurelia stöhnte und angelte sich eine Olive aus dem Glas.

»Probieren, eins zu bekommen.«

»Ich habe mich eh schon mit ihm verabredet.«

»Na, was reden wir denn dann die ganze Zeit, du Nuss? Wann denn? Und wo?«

»Am Donnerstag im Schneiders.«

»Ok, das ist ein guter Ort, du kannst dann ja einfach gehen, wenn's dir nicht mehr passt.«

»Und dann muss ich dir noch was erzählen.« Aurelia musste ein Lächeln unterdrücken.

»So wie du guckst, hat es mit deinem Chorleiter zu tun, stimmt's? Ich kenn doch dieses Gesicht. Aurelia, was hat bloß dieser alte Mann, dass du so fasziniert von ihm bist?«

Aurelia erzählte ihr von den Psalmenliedern und vor allem von ihrem Besuch in der Kirche. Dass er sie zum Abschied ein wenig länger betrachtet hatte, ließ sie vorsichtshalber weg.

Bereits um 18 Uhr überlegte Aurelia sich am Donnerstag, was sie für das Treffen mit Raphael anziehen sollte. Sie wollte besonders, vielleicht sogar cool wirken, aber nicht herausgeputzt. Sie hatte allerdings extra geduscht und ihre Haare, die sie mittlerweile länger trug und seitdem sehr mochte, gewaschen. Sie entschied sich für eine lässige helle Bluse, die sie mit einer Jeans (andere Hosen trug sie nicht, Röcke nur selten) kombinieren wollte. Dazu ihre Adidas-Turnschuhe. Schmuck? Ja, eine Kette, die den Ausschnitt betonte, warum nicht.

Wollte sie also mit ihm flirten? Sie beobachtete sich dabei, wie sie ihr Spiegelbild prüfte und was sie empfand, wenn sie an den bevorstehenden Abend dachte. Was sie spürte und wahrnahm, gefiel ihr nicht, denn offenbar hatte sie Interesse daran, Raphael herauszufordern, ihn zu locken. Dabei war sie sich so unsicher, wie sie ihn einschätzen sollte. Und die Erfahrung mit Christian vor Kurzem hatte sie vorsichtig werden lassen. Wem konnte man trauen? Sie wollte nicht noch einmal überrumpelt werden. Aber sie hoffte, dass Raphael in Ordnung war und sie einfach nur ein schöner Abend erwartete.

Sie musste sich künstlich länger zuhause aufhalten, damit sie nicht zu früh im Schneiders auftauchte, sie war bei Verabredungen fast immer zu früh. Raphael war schon da, er saß an einem Tisch weiter hinten im Raum und blickte aufmerksam zur Tür. Als er sie erblickte, stand er auf und ging ihr entgegen.

»Aurelia, du siehst toll aus.«

»Bist du immer so direkt?«

»Ja, schon, ich mag Ehrlichkeit und ich mag es, dir Komplimente zu machen.«

»Nur mir?« Die Frage kam ein bisschen spitz, das hörte Aurelia selbst. Raphael sah sie interessiert an. »Fragst du wegen des Kommentars von Herrn Krämer neulich? Lass dich von dem nicht ins Bockshorn jagen, du kennst ihn doch. Aber reden wir nicht bloß von Schule. Erzähl mir von dem Chor, zu dem du freitags immer gehst und der so wichtig zu sein scheint.«

»Ach, ich glaub nicht, dass dich das interessiert. Was da passiert, ist schon ein eigener Kosmos, hat nicht so viel mit dem zu tun, was wir sonst so erleben. Das liegt an dem Chorleiter, der ein spezieller Typ ist, total altmodisch. Aber so geheimnisvoll ist es nun auch wieder nicht: wir singen, ach nein, welch Überraschung. Das Stück, das gerade geprobt wird, ist das Requiem von Brahms. Kennst du es?«

»Nur dem Namen nach. Aber ich könnte es mir dann ja bald anhören? Dass du mitsingst, ist ein Argument für mich.«

»Du lässt aber auch wirklich keinen Zweifel daran, dass du mich magst! Jetzt will ich etwas von dir wissen: was machst du denn so in deiner Freizeit, wenn du nicht beim Handball bist?«

»Ich liebe auch Musik, aber andere. Ich höre Radio, Rock und Pop und so. Ansonsten gehe ich Laufen und ich bastele gern an Geräten herum. Und ich schreibe.«

»Du schreibst? Was denn?«

»Kleinere Geschichten.« Raphael hob plötzlich den Kopf und stand auf. »Komm, wir tanzen!« »Hier?« wunderte sich Aurelia. Die Leute drehten ihre Köpfe nach Raphael, der seine Hand nach ihr ausgestreckt hatte. Tatsächlich stand Aurelia auf und ließ sich von Raphael in den Raum ziehen. Er tanzte schon, es sah leicht und selbstsicher aus, sie staunte ihn an und bewegte sich plötzlich wie von selbst auch zur Musik. Er lachte sie glücklich an, hin und wieder drehte er sie. Aurelia taute immer mehr auf, vergaß immer mehr, dass da andere Leute saßen und sie anschauten. Sie tanzten Lied um Lied, bestimmt eine halbe Stunde, bis sie beide etwas trinken wollten.

Aurelia ließ sich auf den Stuhl fallen, während Raphael sich darum kümmerte, dass sie neue Getränke bekämen. Mit zwei Bieren kam Raphael zu Aurelia zurück.

»Das hat Spaß gemacht!« strahlte sie ihn an.

»Siehst du, es tut gut, sich nicht um das zu scheren, was andere denken und machen.« Er nahm einmal kurz ihre Hand in seine und sah ihr dabei in die Augen. Noch bevor Aurelia ihre Hand zurückziehen konnte, hatte er sie schon wieder losgelassen.

»Du, sag mal, kann man hier auch Billard spielen?« fragte sie ihn.

»Ich denke schon, hast du Lust?«

Billard. Sie war nicht gut darin, aber sie wollte gern spielen, um Klarheit über Raphaels Verhalten zu bekommen, herauszufinden, ob er ihre körperliche Nähe suchen würde. Und die Klarheit bekam sie. Endlich konnte sie sich wieder normal verhalten, prüfte und beobachtete nicht länger. So erleichtert war sie, dass sie Revanche auf Revanche forderte, denn sie verlor stets. Die dritte Revanche allerdings forderte sie am Kicker. Sie war ein As am Kicker. Zwar war er auch hier gut, aber Aurelia versenkte fast jeden Ball in seinem Tor. Er hatte keine Chance. Glücklich und gelöst fiel Aurelia nach dem letzten Spiel Raphael in die Arme, der sie auffing und einen Augenblick hielt.

»Ich mach mich jetzt auf den Weg.«, sagte Aurelia.

»Ich bring dich nach Hause.«

»Oh, das ist schön.«

Es war kurz vor Mitternacht und die Luft kühl, eisig fast. Der Frühling ließ auf sich warten. Sie schoben ihre Räder nebeneinander her.

»Ich habe übrigens ein Geschenk für dich!«, sagte Raphael, als sie vor Aurelias Haustür angekommen waren. Er zog eine Kassette aus seiner Jackentasche.

»Du hast mir eine Kassette aufgenommen?«

»Genau.« grinste er. »Hör sie dir in Ruhe an, vielleicht magst du das eine oder andere Lied.«

»Mach ich, und ich sag's dir dann. Ich freu mich, wenn ich dich wiedersehe.«

»Es hätte keinen schöneren Abschiedsgruß geben können, Aurelia. Gute Nacht und bis bald.«

Aurelia konnte nicht bis morgen warten. Oben in ihrem Zimmer legte sie die Kassette ein und hörte die erste Seite. Eine Gänsehaut lief ihr über den Körper. *Wonderful tonight* war der erste Song. Oh ja, der Abend war wundervoll, und diese Musik umhüllte sie vollständig. *Waiting for the sun* schloss sich an, ach, er hatte die Songs so toll zusammengestellt. Sie verstand schon auch, dass sie in vielen Texten gemeint war. *Tell me where do we go, You're exactly who I want to be with, Halt mich.* Sie wusste nicht, ob sie seine Wünsche erfüllen konnte, aber sie genoss es in vollen Zügen, so umschwärmt zu werden, von Raphael so umschwärmt zu werden. Sie hatte ein gutes Gefühl.

Der erste Zyklus der Brahms-Proben war bald abgeschlossen. An diesem Freitag fand die drittletzte Probe vor der Wiederaufnahme der kleineren Bach-Oratorien statt. Herr Mattheis war zufrieden mit dem Fortgang des Lernprozesses. Die Fugen im dritten und sechsten Satz waren tonlich so weit abgesichert. Gerade die Fuge *Der Gerechten Seelen* war anspruchsvoll, es lauerten Fallstricke, die Intervalle waren im Aufgang des Themas nicht immer gleich. Und im dritten Satz wurde dazu ein Thema einmal auftaktig und einmal volltaktig begonnen, das wollte gekonnt werden. Auch der Übergang im sechsten Satz zum Triumphgesang über den Tod und die tobende Hölle war heikel. Das musste er an diesem Freitag üben. Ebenso das Staccato auf *Posa-ha-ha-haune* und *a-ha-ha-hauferstehen* und *i-hi-hi-hin* stand auf dem Programm für diese Probe, das musste der Chor noch knackiger prononcieren, um vollständig überzeugend zu wirken. Und dass ihm dann keiner *ver-schlung-en* sang, es musste unbedingt *ver-schlu-ngen* heißen, sonst war der gesamte Effekt dahin. Das diesem Laienchor beizubringen, war nicht immer leicht, aber er hatte ja viel Übung und Erfahrung. Und er war auch dieses Mal zuversichtlich.

Mit großer Vorfreude machte er sich am Abend auf den Weg in das Gemeindehaus. Er freute sich nicht nur auf die Musik, sondern auch auf ein Augenpaar, das ihm am Sonntag so überraschend entgegengeleuchtet hatte. Er staunte immer noch über ihren Besuch. Sie war ein kühner Mensch.

Sie kam diesmal recht früh, er saß gerade mit Rike auf dem Sofa hinten in der Ecke und plauschte mit ihr. Hatte er richtig gesehen, dass da Unwille in Aurelias Augen aufblitzte? Das taten Rike und er manchmal, einfach ein bisschen reden vor der Probe. Aus den Augenwinkeln beobachtete er Aurelia, wie sie sich ihren Platz suchte, ohne erneut zum Sofa zu schauen. Sie hatte ihn nicht begrüßt, sondern sich gleich brüsk abgewandt, als sie die Situation gesehen, aber wohl falsch erfasst hatte. Er erhob sich und ging zu ihr. Es strömten ohnehin immer mehr Menschen in den Raum, die Plauderminute mit Rike war vorbei.

»Hallo, Aurelia, schön dich zu sehen.«

Sie strahlte ihn an. »Hallo, Herr Mattheis!«

Na, dann hatte sie offenbar doch nichts falsch aufgefasst, wie gut. Er sah auch, dass Rike und sie sich fröhlich begrüßten und dann gleich die Köpfe zusammensteckten. Es schien ein guter Stern über der Stunde zu liegen. Und tatsächlich gestaltete sich alles leicht, was er sich vorgenommen hatte. Zwischen den kniffligen Stellen wollte er den Zwiegesang zwischen Chor und Sopranistin im fünften Satz proben. Auch hier war der Chor schon so weit, an den Feinheiten zu arbeiten. Die Aussprache stimmte, keiner sang mehr *willeuch*, sondern alle trennten beide Worte mit dem Knacklaut, es ging heute um Bögen, um den Ausdruck des Trostversprechens.

Während der Probe ließ er seine Blicke immer wieder halb bewusst, halb unbewusst über Aurelia gleiten. Oft sah er ihren aufmerksamen Blick auf sich ruhen, aber zwei Mal auch ein versonnenes Träumen in den Raum hinein. Und er sah auch, dass Rike Aurelia von der Seite beobachtete. Er war wahrhaftig kein Meister der Psychologie, aber er meinte Neugierde und Besorgnis in Rikes Augen zu sehen. Nun, das ging ihn alles nichts an, er sollte sich lieber nur auf seine Arbeit konzentrieren.

Beide junge Frauen waren auch später in der Kneipe, heute waren nicht viele Sänger geblieben. Offenbar sprach man über Autos, als er dazu kam. Aurelia fragte ihn mit einem Lachen in der Stimme: »Herr Mattheis, was fahren Sie denn bevorzugt für ein Auto?«

»Bevorzugt? Wie meinen Sie das, Fräulein Maurer?«

»Hier wird über die Vorzüge gewisser Automodelle diskutiert, und da wollte ich gern einmal von Ihnen wissen, welches Auto Sie fahren.«

Ah, so, ja, das passte zu ihr. Sie neckte ihn, denn sie wusste genau, welches Auto er fuhr. Einen klapprigen uralten Toyota.

Er antwortete: »Also, bevorzugt fahre ich einen Audi, derzeit allerdings einen Toyota der Spitzenklasse.« Er wollte das Spiel mitspielen.

»Und welche Scheibenwischerart mögen Sie lieber?«, sekundierte Rike Aurelia. »Nur einen Wischer oder zwei?« Den letzten Teil des Satzes brachte sie kaum vollständig heraus, er ging beinahe im Prusten unter.

»Was ist denn mit diesen beiden Damen geschehen?« fragte er in die Runde.

Sie spotteten wohl. Keiner nahm es ihnen übel. Im Gegenteil, sie verbreiteten eine so heitere Stimmung in der Kneipe, dass alle überrascht waren, als jemand bemerkte, dass es bereits auf Mitternacht zuging. Die Runde löste sich auf. Draußen, als Herr Mattheis zu seinem Auto ging, sah er, wie Rike und Aurelia sich in den Armen wiegend verabschiedeten. Einen Moment war er versucht, zu den beiden zu gehen, wandte sich dann aber ab.

Aurelia bewachte das Telefon. Sie wollte, falls Raphael anrief, zuerst am Apparat sein und keinesfalls von Leonie hergerufen werden. Dann wüsste die ja, wer angerufen hatte. Ihr Lauschen und Lauern war allerdings umsonst, denn keiner rief für sie an.

Bis zum Sonntagnachmittag hatte sie die Kassette bestimmt fünf Male komplett gehört, nun drängte es sie nach Bewegung. Sie lief durch die Stadt. Es gab einen schönen kleinen Park rund um das Kunstmuseum, dorthin wollte sie gehen, auf ihre übliche lange Tour hatte sie keine Lust heute. Sie steckte sich noch das Reclamheft in die Hosentasche für den Fall, dass sie verweilen und lesen wollte. Aber das wollte sie nicht, denn sie traf, es war verrückt, sie traf Raphael. Oder besser: sie sah ihn und sorgte dafür, dass sie ihn traf. Sie hatte ihn gleich gesehen, als sie den Park betreten hatte, er saß weiter oben auf einer Bank. Sie schlich sich von hinten an, schwang sich auf die Bank und sagte nach vorn blickend: »Wirklich eine schöne Aussicht.«

»Aurelia! Mensch, hast du mich erschreckt!« Er klappte das Heft zu, in das er gerade geschrieben hatte.

»Tja, warst wohl ganz versunken?«

»Die Kunst…« grinste er augenzwinkernd.

»Apropos – deine Kassette habe ich bestimmt schon fünf Male gehört.«

»Oh, sie gefällt dir also?« Raphael war lachend zu ihr herübergerutscht.

»Und wie!« Sie strahlte ihn an. »Ich find auch, dass die Lieder gut zusammenpassen.«

»Das freut mich. Dann kann ich dir vielleicht wieder einmal eine zusammenstellen?«

Aurelia nickte, sagte aber nichts mehr, weil ihre Köpfe einander so nahe waren, dass es knisterte. Ihr Kuss war weich und warm und kam für beide gar nicht überraschend. Raphael stand auf und zog Aurelia mit sich. Er nahm sie in die Arme und sagte: »Aurelia, küss mich noch einmal.« Sie tat wie erbeten und noch viele weitere Male.

»Ich habe das wunderbarste Mädchen der Schule geküsst!« rief Raphael in den Park hinein. Aurelia war froh, dass kein Mensch in der Nähe war. Nur unten ging ein älteres Ehepaar, das sich nicht weiter interessierte. »Ich bring dich nach Hause! Aber sehr langsam, ja? Kennst du einen großen Umweg?«

»Und ob! Einen großen und langen Umweg kenne ich. Komm.«

Arm in Arm, unter häufigem Anhalten gingen sie langsam zu Aurelias Haus.

Aurelia war selig. Sie hatte sich von Raphael lieber in einer Seitenstraße verabschiedet, sie wollte das Glück für sich allein, nicht gleich mit den Schwestern teilen, nicht darüber reden. Nur im Tagebuch, dort ja, oh ja!, dort wollte sie von Raphael erzählen. Raphael war so warm, so liebevoll gewesen und er schmeckte so gut! Aurelias Körper kribbelte. Sie war unendlich glücklich. Singend ging sie heim. *Das Erdenrund erklingt im Widerhall.* Sie klang auch. Vor der Haustür atmete sie einmal tief durch und versuchte, ein nüchternes Gesicht aufzusetzen. Sie konnte das nicht so gut wie Leonie, aber sie war auch nicht katastrophal darin. Sie gelangte auch unbehelligt ins Haus, nur im Flur zu ihrem Zimmer kam ihr Emma entgegen. »Spielst du eine Runde Herzblättchen mit mir?«

»Och nö, danke, frag Leonie, ich hab echt keine Lust, ich will allein sein.«

»Was ist denn mit dir los? Ist dir 'ne Laus über die Leber gelaufen?«

»Ach, egal, lass mich einfach nur Musik hören, ja?«

In ihrem Zimmer seufzte sie erleichtert auf und sprang sofort zu ihrem Schreibtisch. Mit glänzenden Augen schrieb sie Seite um Seite.

Nicolette, du Lustgestalt, deine Spur will ich erbirschen, deines Leibes edler Bau, deiner Augen süßes Blau und dein lachend roter Mund rührten mich im Herzensgrund. Mög's mit Gottes Huld geschehen, daß ich dich darf wiedersehen!

Trotz des überschäumenden Glücks mit Raphael war Aurelia natürlich am Freitag zur Probe gegangen. Denn der Chor, das Singen hatte nach wie vor eine starke Anziehungskraft auf sie, anders als Raphael, aber auch intensiv. Die Nachmittage mit ihm waren so wunderschön gewesen, so hell und lustig, dass die Woche wie im Flug vergangen war. Heute war Sonntag, die Kantorei sang im Gottesdienst. Aurelia lag im Bett und dachte über ihre Erlebnisse der letzten Wochen nach. Die erste Arbeitsphase Brahms ging ihrem Ende entgegen, eine Probe gab es nur noch. Aurelia hatte die Proben liebgewonnen und sie freute sich auch, jetzt mehr und mehr die Linien und Bögen der Musik zu erkennen. Außerdem fand sie Herrn Mattheis originell und immer interessanter. Er wusste genau, was er wollte und verfolgte das. Allerdings lehnte sie seine Art, Kritik zu üben, ab. Sie fand ihn dann kalt und unmenschlich. Er sagte so etwas wie: »Herrschaften, das klingt ganz furchtbar, schauderhaft. Wie können Sie so singen? Sie singen, als wären Sie knatternde Blechkannen. So singt doch kein kultivierter Mensch!«

Schrecklich fand sie auch, wenn er die Stimmen reihenweise vorsingen ließ und dann genau abhörte, wer wie sang. ‚Sie singen diese Stelle bitte nicht mit', hatte sie ihn zu Einzelnen sagen hören. Das war doch kein Profi-Chor, sondern eine Kantorei! Sie selbst hatte Glück, er hatte anscheinend nichts an ihrem Gesang auszusetzen, aber sie spürte dennoch eine Atmosphäre der Angst. Die tat natürlich nicht gut, sondern legte sich wie ein dunkler Schleier über den Raum und die Stimmung. Und man wurde auch genau beäugt von den anderen Sängern, die dann womöglich einfach nur froh waren, dass es sie in dem Moment nicht traf.

Andererseits wusste er so viel. Sie hatte schon so viel über das Requiem gelernt. Zum Beispiel, das war erstaunlich, dass sie sich darüber noch nie Gedanken gemacht hatte, warum es *Ein Deutsches Requiem* heißt. Sie hatte die Texte einfach nur berührend und bedeutsam gefunden, nun dachte sie zum ersten Mal über den Titel nach.

Sie mochte den dritten Satz am liebsten. Der Text war ihr auch am nächsten. *Und mein Leben ein Ziel hat.* Ja, genau. Auf der Suche nach diesem Ziel war sie. Im Deutschunterricht hatten sie neulich das Barock behandelt. Es hatte sie erschüttert, diese grundsätzliche Absage an das menschliche Glück oder eher an die menschliche Beständigkeit so geballt zu lesen. *Vanitas, vanitatum vanitas!* Das konnte sie im Moment gar nicht bestätigen. Mit Raphael schien keine Sekunde ihres Lebens vergebens und flüchtig zu sein. Es war immer aufregend und erfüllend mit ihm. Wieder dachte sie daran, wie sie jeden Tag bei ihm gewesen war, sie sich ausführlich geküsst hatten, auf Wolke Sieben waren, warum auch immer man das sagte. Aurelia wusste natürlich, dass das in den barocken Texten anders gemeint war, überpersönlich, allgemein, ewig. Aber sie war gerade so glücklich, dass ihr das egal war. Außerdem – es gab ja eine Antwort darauf, jedenfalls für Christen, aber glaubte sie daran?, und die sang sie sehr gern, liebte die rhythmische Gestalt, die Brahms den Worten gegeben hatte: *Tod, wo ist dein Stachel? Hölle, wo ist dein Sieg?* Das hatte eine Wucht, ein Strahlen.

Es tat ihr leid, dass sie nach dem heutigen Gottesdienst bis nach den Sommerferien warten musste, bis sie wieder in der Kantorei singen konnte. Die Zeit bis zu den Sommerferien war nämlich der Wiederaufnahme eines anderen Programms vorbehalten, das nur diejenigen mitsingen durften, die auch am Konzert vor einiger Zeit mit diesem Programm beteiligt gewesen waren. Aber dieser Gottesdienst heute blieb ihr. Sie war am Morgen mit dem Gefühl erwacht, dass ein bedeutsamer Tag sie erwartete. Das letzte Singen für achtzehn Wochen. Das hatte sie ausgerechnet. Was für eine schrecklich lange Zeit. Sie erschrak geradezu darüber, dass sie so dachte. Aber es stimmte, die Freitagabende waren langsam und unaufhaltsam ein Höhepunkt ihrer Woche geworden. Daran war nicht mehr Brahms allein schuld, sondern ein alter Mann, den sie, sie musste es sich eingestehen, vollkommen bewunderte. Heute würde sie ihn zum vorerst letzten Mal erleben, was würde sie heute von ihm lernen? Er bereicherte sie auf so andere Weise als Raphael.

Sie stand mit einem Schwung auf, duschte und ging herunter zum Frühstück. Am Sonntagmorgen wusste man nie, ob man jemanden am Esstisch traf. Die gemeinsamen Mittagessen in der Woche waren ein fester Bestandteil der Familie, aber für die Wochenenden gab es keine Verabredungen. Heute Morgen war niemand da. Aber es stand Tee auf dem Stövchen. Sie musste sich schon fast beeilen, aß ein Brot und fuhr dann los.

An vier Stellen im Gottesdienst sang die Kantorei. Zwei Stücke vor, zwei nach der Predigt. Aurelia war die gesamte Stunde, die der Gottesdienst dauerte, heilig, aber nicht Gottes, sondern Herrn Mattheis wegen. Sie konnte das alberne Verhalten Katrins, die sich mit Rike über die Predigt des Pfarrers lustig machte, einfach nicht aushalten, es störte sie in ihrer Andacht, diese gesamte Stunde zu genießen, die Anwesenheit dieses Mannes in dem hellen, nüchternen Kirchenraum, der ihm wichtig war, wie sie wusste, sie durchdringen zu lassen. Durchdrungen wollte sie werden oder besser das Gefühl ganz empfinden, dass sie längst durchdrungen war von Alberts Geist. Wie viel näher er doch rückte, wenn sie seinen Vornamen dachte.

Katrin und Rike ließen sich von Aurelias finsteren Blicken nicht beirren, also stand sie auf und setzte sie sich kurzerhand direkt auf die Stufen der Empore, um für sich zu sein. Aber sie war nicht lang für sich, denn Herr Mattheis hatte sich zu ihr gesetzt. Sie erschrak. Warum saß er plötzlich neben ihr?

»Du, ich wollte dich fragen, ob du nicht weiter mitsingen möchtest, auch das andere Programm, das ich jetzt wieder aufnehme.«

»Oh, sehr gerne, aber ich habe damals nicht mitgesungen. Darf ich denn?«

»Wenn ich dich frage, wirst du dürfen, oder? Was meinst du?«

»Dann werde ich dürfen. Oh ja, ich würde gerne mitsingen.«

»Schön, das freut mich.«

»Mich auch! Soll ich vorher üben?«

»Nein, das hast du nicht nötig, du lernst schnell, das habe ich gehört.«

Er hatte sie zum Abschied angelächelt mit seinen blauen Augen, die ihr noch nie so nah gewesen waren, und war dann aufgestanden und zur Orgelbank gegangen. Er hatte so dicht bei ihr gesessen, um nicht laut sprechen zu müssen, fast hätten ihre Körper sich berührt. Sie hatte alle Worte genau gehört und auch passend geantwortet, aber eigentlich war sie in seinem Blick aufgegangen. Auch wenn er das nicht gemerkt hat, das nicht merken sollte und konnte. Sie hatte ein Lächeln gesehen, das sie in den Proben nie, bei ihrem Besuch in der Kirche aber schon einmal hatte sehen können, und eine Wärme, von der sie nicht vermutet hätte, dass sie in diesen Augen zu finden wäre. Sie war beglückt. Aber sie war auch gut darin, sich nichts anmerken zu lassen. Katrin wollte natürlich wissen, was Herr Mattheis zu Aurelia gesagt hatte, sie erzählte es auch, aber weder Katrin noch Herr Mattheis selbst, den sie während des Chorstücks nach der Predigt natürlich anschaute, konnten das Ausmaß ihres Glücks auch nur erahnen.

Nach dem Gottesdienst fuhr sie mit ihrem Fahrrad nach Hause. Es war wenig los auf den Straßen, sie hupte ausgelassen mit ihrer Hupe, die ihr Leonie zum letzten Geburtstag geschenkt hatte.

Die Zeit bis zu der Aufführung der beiden Oratorien war kurz. Herr Mattheis stand unter Druck. Es war einfach unfassbar, dass diese Herrschaften die leichtesten Intervalle nicht beherrschten. Was war denn daran so schwierig? Und wie oft schon hatte er es mit ihnen geprobt, Ton für Ton eingebimst, waren sie denn wirklich so stumpfsinnig. Heute war die letzte reguläre Probe, bevor am nächsten Wochenende in dem schönen Kloster das Konzert stattfand. Und wenn er mit seinem Chor einen Gastauftritt absolvierte, sollte der makellos sein.

Er mühte sich nach Kräften, hatte alles ertüftelt, welche Stimmkombinationen dem Bass helfen könnten, seinen Ton zu finden und seine Linie zu halten. Aber es lief nicht.

»Die Herren im Bass, wie oft haben wir das nun gesungen? Es ist ja, als ob man Eseln das Singen beibringen möchte. Fast denke ich, das wäre einfacher. Nun reißen Sie sich aber einmal zusammen. Wenn ich auch sehe, wie manche von Ihnen dasitzen. Das geht doch nicht! So ohne Kraft und Energie. So kann man doch nicht singen. Oder besser: wie Sie dasitzen, so klingt es eben auch, eine totale Soße und also inakzeptabel. Nun nehmen Sie endlich einmal Haltung an!«

Gespannte Stille im Chor. Erschreckte Blicke, die sich schnell in die Noten senkten. Natürlich sah er, wie die Angst in die Gesichter kroch. Aber anders war diesem entsetzlichen Hängen nicht beizukommen. Durch den Bass ging ein Rucken. Er war nicht entlassen.

»Noch einmal, die Herren!« Sie sangen.

»Klingt immer noch schauderhaft, aber wenigstens stimmen die Intervalle. Schon besser also. Sehen Sie. Aber nicht nachlassen, nicht einen Millimeter!«

Der gesamte Chor hatte sich schrecken lassen, keiner wagte es mehr, unaufmerksam zu sein, kein Flüstern, es herrschte kalte Konzentration. Ihm war das lieber als diese moderne Lässigkeit, von der er so viel schwärmen hörte. Nicht mit ihm.

Letztlich war die Probe erfolgreich, der Durchlauf am Schluss klang gut, auch beinahe aufführungsreif. Es war selbstverständlich, dass nach dieser Probe keiner ihn ansprach, er nach dieser Probe nicht in das Lokal kam. Zufrieden mit sich fuhr er nach Hause. Er hatte die Situation in den Griff bekommen.

Anfang der nächsten Woche erhielt er diesen Brief:

Sehr geehrter Herr Mattheis!

Eigentlich ehre ich Sie gar nicht, insofern ist meine Anrede falsch. (Ich schrieb sie nur, um der Form Genüge zu tun.) Denn ich spüre Verachtung und Kälte in Ihrer Art zu proben. Wie Sie die Menschen anherrschen und beleidigen, wenn falsch gesungen wurde, ist entsetzlich. Denken Sie, dass Sie sich erheben dürfen über die Sänger im Chor? Steht Ihnen kein anderes Mittel zur Verfügung als die unerbittliche und unnachgiebige Kälte? Kann die Musik, die so erzeugt wird, überhaupt warm klingen? Die Menschen scheinen Ihnen ja egal zu sein, nur die Kehlen interessieren Sie. Ich weiß nicht, ob meine Kehle Ihnen noch lange als Material dienen wird.

Aurelia

Ach nein. Dieses Mädchen. Er hatte sich offenbar zu Recht gefragt, ob sie frech oder fügsam wäre. Beides, so dachte er. Nun hatte er ein Zeugnis ihrer Frechheit. Er wollte mit ihr reden. Zwar hatte er dieses Thema satt, so überaus satt. In all den Jahren hatte er viel Unverständnis, Kritik und Ablehnung erfahren. Anfangs hatte ihm das etwas ausgemacht, er fühlte sich verkannt, recht bald aber hatte er nur auf seine innere Stimme gehört, und wenn er mit ihr im Reinen war, konnte kein Wort von außen ihn verunsichern. Künstler müssen aus sich leben, stark aus sich selbst heraus sein, das war seine Überzeugung. Er erklärte sich nicht mehr, seine Arbeit stand für ihn. Aber für Aurelia wollte er eine Ausnahme machen, in aller Offenheit mit ihr sprechen, denn an ihrem Verständnis lag ihm viel.

Sie hatte den Brief tatsächlich abgeschickt und war sehr aufgeregt vor der nächsten Probe, denn sie erwartete eine Reaktion. Aber es kam keine. Nur insofern, als dass Herr Mattheis sie nicht ansah. Aufgebracht raffte sie ihre Noten nach der Probe zusammen und eilte aus dem Raum zur Garderobe, wo ihre Jacke hing. Auf dem Weg zur Tür trat Herr Mattheis ihr in den Weg und sagte leise »Komm am Sonntag in die Kirche.« und ging dann ohne einen weiteren Blick in das anliegende Büro.

Zwei Nächte lang konnte sie nicht schlafen, sie fühlte die berechtigte Wut in ihren Adern fließen, aber leise mischte sich auch ein Zweifel darein, ob sie zu heftig gewesen war. Das Warten auf den Sonntag war furchtbar. Sie konnte nichts essen, ihre Hände waren kalt und schweißnass, nichts konnte sie ablenken. Um viertel vor elf fuhr sie mit zitternden Knien und einer flauen Lunge zur Kirche. Sie kam gerade rechtzeitig an. Herr Mattheis spielte schon das Orgelnachspiel. Geschwind kam er danach auf sie zu.

»Mensch Mädchen, du kannst einem ja einen Schrecken einjagen. Dein Brief war ganz grausam für mein armes Herzchen. Komm, setz dich, ich würde dir gerne etwas von mir erzählen. Aber zuallererst möchte ich dir sagen, dass ich dir nicht glaube; dass du mich nicht ehrst, stimmt nicht, ich spüre deutlich deine Sympathie für mich. Was hat dich nur so wütend gemacht?«

»Na, das habe ich doch geschrieben. Sie sind so kalt in den Proben. Der Vergleich mit den Eseln war unmöglich, geradezu beleidigend.«

»Magst du mir zuhören? Vielleicht verstehst du mich dann besser.«

Aurelia nickte und betrachtete Herrn Mattheis.

»Weißt du, warum ich dich am Freitag gebeten habe, in die Kirche zu kommen? Und nicht, wie ich es bei allen anderen getan hätte, den Brief in den Mülleimer geworfen habe und Brief und Person nicht weiter beachtet habe? Auch wenn ich dir gern zugebe, dass der Vergleich mit den Eseln nicht in Ordnung war.«

»Nein, das weiß ich nicht.«, sagte Aurelia mit unsicherer Stimme und beklommenem Gefühl.

»Das liegt daran, dass ich dich mag. Du bist mir sympathisch. Mehr: ich sehe, dass du aus ähnlichem Holz geschnitzt bist wie ich. Wir sind uns ähnlich.«

Aurelia wurde rot.

»Weißt du, Kälte, Härte, Verachtung – das wurde mir schon oft vorgeworfen. Die Auseinandersetzung damit habe ich hinter mir. Wenige Menschen nur können verstehen, dass dieses ganz bestimmt nicht meine Motivationen sind. Es geht mir ausschließlich um die Kunst. Um den Ausdruck der Musik, um die bestmögliche Erfüllung der Aufgabe. Dahinter muss jeder zurückstehen. Befindlichkeiten der Personen, Aurelia, treten hinter das Abstrakte, Höhere zurück. Die Kunst steht über allem, auch über der Barbarei. Du bist so jung, wenn ich dich ansehe, wird mir bewusst, wie jung und im besten Sinne naiv ich damals war, als man mich nach dem Notabitur zwang, eine Waffe in die Hand zu nehmen, und mich in den Krieg schickte. Ich möchte nicht dein Mitleid, ich sehe es und ein Erschrecken in deinem Gesicht, deswegen erzähle ich es dir nicht. Auch wenn ich es anrührend finde, dass du reagierst. Ich möchte dir verständlich machen, wie sehr meine Haltung der Musik gegenüber mit meiner Biographie verknüpft ist. Kunst ist die Rettung, denn Kunst ist menschlich und macht menschlich. Das Entsetzen, den Ekel, das Grauen, das die Menschen erfahren haben, die wie ich ohne alle Kriegslust und ohne jedes Einverständnis mit der damals herrschenden Ideologie waren und zum Schießen und Töten – ich habe nicht getötet, das kann ich glücklicherweise sagen – instrumentalisiert wurden, kann man als junger Mensch, der ausschließlich in einer Zivilgesellschaft aufwachsen durfte, nicht ermessen.

Seit damals ist der Kosmos der Töne mein Heil, in ihm habe ich mit meinem Geist gelebt, habe versucht, mich aus der Realität auszublenden. Dieser Fluchtpunkt ist Keim meines Kunstverständnisses geworden. Der Musik möchte ich dienen – auch im Sinne der Gemeinschaft, im Sinne eines *Nie wieder*. Verstehst du jetzt, warum Kunst meinen ganzen Einsatz verlangt?«

»Es ist also«, sagte Aurelia, »das genaue Gegenteil von Kälte und Härte, das Sie antreibt.«

»Ja, Mädchen, genauso ist es. Es ist der Geist der Humanität und der Kultur. Wir brauchen die Kultur so dringend, denn sonst sind wir keine Menschen, sondern Philister oder Ideologen. Aber ich komme vom Thema ab.

Es gibt noch einen weiteren Grund: der ist mein Glaube: das Allerhöchste, der Urgrund, aus dem ich lebe, ist Gott. Ich bin Gott verpflichtet, dass ich die Gaben, die Er mir gegeben hat, ohne Ausflucht in Bequemlichkeit auspräge. Mit aller Disziplin. Denn ohne Disziplin, liebe Aurelia, strandet der Mensch. Versumpft. Für mich ist es selbstverständlich, bestens vorbereitet zu sein, ich sehe das als meine Aufgabe an, warum ich hier auf der Welt bin: Um die Kunst zu ehren, letztlich aber, um Gott zu ehren und Ihm zu danken. Du weißt mittlerweile, dass der Genfer Psalter mir sehr wichtig ist. Er bestimmt auch mein Abschiedskonzert aus dem Dienst der Kirche. Jetzt weißt du, warum. Der Psalter setzt sich mit der Position des Menschen zu Gott auseinander und lässt nichts aus. Er klagt, er jubelt, er tröstet, er ist der Ausdruck der menschlichen Seele im Angesicht zu Gott. Kannst du ermessen, was der Psalm 8 für mich bedeutet? Den kennst du ja schon. Ich singe dir jetzt dennoch einmal die erste Strophe vor. Eine so wundervoller, kraftgebender Cantus Firmus: *Wie herrlich gibst du, Herr, dich zu erkennen, schufst alles, deinen Namen uns zu nennen, der Himmel ruft ihn aus mit hellem Schall, das Erdenrund erklingt im Widerhall.* Der schönste Widerhall ist für mich die Musik, und ich bin nur ein kleiner Mensch, der seinen Ton beitragen will im

Chor der Anbetung und des Danks. Und das verlange ich auch von den Menschen, mit denen ich arbeite. Ich kann nichts loben, das nicht lobenswert ist. Wenn etwas schauderhaft klingt, nenne ich es schauderhaft, wenn die Töne zu tief sind, sage ich genau das. Warum sollte ich zufrieden sein, wenn ich höre, dass es nicht gut ist? Sag du es mir.«

»Dafür sähe ich auch keinen Grund. Aber könnten Sie es nicht freundlicher formulieren?«

»Siehst du, das dachte ich mir, dass du das sagen würdest. Und du hast auch ein wenig recht. – Aber nur ein wenig. Strenge ist eine bessere Lehrmeisterin als Freundlichkeit. Das ist meine Erfahrung. Verstehst du mich also jetzt? Verstehst du, dass du eine gewisse Unerbittlichkeit, die ich durchaus an mir sehe und die ich lieber Unbestechlichkeit nenne, nicht persönlich nehmen darfst?«

»Ja, ich verstehe Sie jetzt besser. Und es tut mir aufrichtig leid, dass ich so garstig und giftig geschrieben habe. Aber ich möchte Ihnen da doch widersprechen, ich denke nämlich, dass Sie mit Freundlichkeit Ihr Ziel besser erreichen könnten. Menschen, die Angst haben, können gar nicht schön singen!«

»Ich finde schön, wie die Kantorei singt. Und wenn manche Angst haben sollten, dann können sie mit mir zusammen auch lernen, dass Angst überwunden werden kann und das wiederum befreit. Vielleicht kannst du das aber nicht nachvollziehen, du bist so jung, uns trennen so viele Jahre und so bedeutsame. Wenn ich wie du aufgewachsen wäre, dächte ich womöglich anders, jeder ist die Pflanze seiner Zeit. Der Charakter jedoch entscheidet, wie die Prägungen der Zeit sich auswirken. Das führt jetzt ein bisschen weit. Zurück zu unserem Chor und meiner Art: dass du mich verstehst, ist alles, was zählt. Der Weg dahin ist für mich schon vergessen. Behältst du meine Worte auch gewiss in deinem Herzen?«

»Das möchte ich. Ich muss auf jeden Fall darüber nachdenken. Danke, dass Sie mir das alles erzählt haben.«

Albert stand auf und also auch Aurelia. Es war natürlich, dass er sie sanft und fest in seine Arme schloss und sie hielt, innig und persönlich. Sie nahm seinen Duft wahr, ihre Nase lag an seinem Hals, sie spürte seine glatte Haut und umfasste ihn. Er war es, der die Verbindung löste, bevor sie sich aber ganz getrennt hatten, küsste er sie leicht auf die Wange. Ein Friedenskuss.

Der Heimweg zurück fühlte sich so irr an. Sie wollte nicht ankommen in irgendeiner Normalität. Sie – ihm ähnlich. Gab es ein höheres Adelsprädikat?

Zuhause lief sie zu ihrem Schreibtisch und durchsuchte ihre Postkarten nach einem passenden Motiv. Sie entschied sich für eine Monatspostkarte zum April, abgebildet war ein Bauer, der sein Feld unter einem Regenbogen bestellte.

Die Post hatte wieder etwas vom Fräulein Maurer für Albert gebracht. Seine Sorge, sie könnte Probleme machen, hatte sich wohl nicht bestätigt? Seltsam aber, dass sie so oft schrieb. Diesmal konnte Henriette es lesen, es war eine Postkarte: ‚Wahrhaftig geehrter Herr Mattheis! Das Wort *Ehret eure (deutschen) Meister* erklingt neu in mir. Es dankt für die tiefere Einsicht von Herzen Aurelia.'

Führten Albert und Aurelia ein Kunstgespräch? Es klang danach. Interessant.

»Albert? Du hast wieder Post vom Fräulein Maurer.« rief Henriette die Treppe hinauf.

»Danke, ich komme gleich.« Albert spürte seine Augen durch den Freudenstich im Herzen aufleuchten. Gut, dass er oben war, als die Post gekommen war. So hatte er Zeit, seine Augen auszuwischen. Sie hatte wieder geschrieben. Diesmal konnte es doch nur eine erfreuliche Lektüre sein, denn das Gespräch am Sonntag endete so friedlich. Auch die Umarmung war es. Kein Nachdenken war daran beteiligt gewesen, als er seine Arme für sie öffnete und sie hineinnahm, es war eigentlich kein Nehmen, sondern ein Werden. Diese Umarmung war für sie beide in diesem Augenblick vorgesehen, sie entsprach ihnen. Beiläufig hatte er allerdings sehr wohl die Jugend dieses Körpers gespürt.

»Ihr habt über Wagner gesprochen?« fragte Henriette.

»Warum fragst du?« Er war verwirrt, wie kam sie auf Wagner?

»Nun, sie zitiert ihn. Hier, lies.«

Er las die Postkarte. Zum Glück war es kein zu großes Kunststück für sein oft nicht so schnell arbeitendes Gehirn, den Ausweg zu finden. »Ach so, ja, ich habe dieses Wort im Zusammenhang mit Brahms und dem Requiem erwähnt.« Er hoffte, dass Henriette keine Einzelheiten wissen wollte, denn es gab keine. Sie ließ es auch dabei bewenden, er war erleichtert und sah die weitere Post durch.

Warum hatte er Henriette nicht einfach die Wahrheit gesagt? Es gab doch keinen Grund? Das Gespräch in der Kirche war seriös und ernsthaft gewesen, nichts, was man verheimlichen müsste? Es lag wohl an dem Text auf der Postkarte. Denn der war ohne musikgeschichtlichen Kontext interpretationsbedürftig.

Ihm ging der Text nah. Wahrhaftig geehrt. Wie sie mit diesem einen Wort auf eine komplexe Situation Bezug nahm und alles klarstellte, sich korrigierte, sich entschuldigte. Wunderbar. Wen aber meinte sie mit Meister? War es ein Kompliment an ihn? Oder dankte sie ihm auf diese Weise für eine neue Sicht auf Kunst? Er wünschte sich Ersteres, denn schließlich klang dieses Wort in ihr und Klang lebt und bewegt. Und die drei letzten Worte las er wieder und wieder. Er drehte die Karte um und lächelte. Immer hintersinnig, diese Aurelia.

»Wie schön, dass wir endlich wieder einmal Zeit finden für unsere Runde. Glücklicher Zufall, dass die Trioprobe heute ausfällt. Wie geht es dir, erzähl, Aurelia! Wie geht es dir mit Raphael? Darf ich etwas über euch erfahren?«

»Klar, Papa, du darfst!« Aurelia und ihr Vater wanderten dieses Mal eine längere Runde im nahe gelegenen Wald.

»Raphael ist … einfach wunderbar. Er ist voller Überraschungen, er lässt sich unglaubliche Dinge einfallen, eine Idee schöner als die andere. Und er liest viel, ganz andere Bücher als ich, Nietzsche, Thomas Mann und so etwas. Spannend finde ich das, auch wenn ich gerade von Nietzsche nicht alles verstehe. Aber es macht Spaß, mit ihm darüber zu sprechen. Er hat Philo belegt, da spielt Nietzsche im Unterricht wohl gerade eine Rolle. Scheinen ja nicht so leicht zu verstehen sein, seine Schriften.«

»Das darfst du mich nicht fragen. Und wo trefft ihr euch immer? Bei uns zuhause hab ich Raphael noch nicht gesehen, oder?«

»Neee, da sind zu viele Leute.«, lachte Aurelia. »Er hat keine Geschwister und viel Platz, das ist optimal. Hättest du gern ein bisschen Kontrolle?«

»Ach, Aurelia, nein, darum geht es mir nicht, wobei es einem Vater schon schwerfällt, seine Tochter so ganz freizulassen, zu akzeptieren, dass sie eine Frau wird und ihre Erfahrungen auch auf sexuellem Gebiet macht. So geht es mir jedenfalls. Nimm's mir nicht übel. Aber ich hab ja schon bei Emma üben können. Die hatte einige Fragen und Auflagen zu ertragen…«

»Ja, das weiß ich. Wozu, glaubst du, sind Schwestern da?« Aurelia zwinkerte ihrem Vater zu. »Es hat auf jeden Fall Vorteile, die Zweite zu sein. Arme Emma.«

»Und ist er zärtlich zu dir? Oder stürmisch, ungeduldig?«

»Mach dir keine Sorgen, Papa, ich fühl mich wohl und nicht bedrängt. Es ist alles vollkommen harmonisch! Wunderbar geradezu! Vielleicht sogar himmlisch?« Aurelia strahlte.

»Und wie geht's im Chor voran? Neulich bin ich Mattheis begegnet, er hat mir freundlich zugenickt, das hat er lange nicht mehr gemacht. Ich nehme an, du bist daran schuld?«

»Echt? Hat er? Wie schön!« Aurelia sah ihren Vater an. »Er hat mir neulich viel aus seinem Leben erzählt, warum er auf diese Weise Musik macht.«

»So? Wie kommt das denn? Das erstaunt mich. Er ist als äußerst reserviert bekannt, was Persönliches anbetrifft.« sagte Aurelias Vater überrascht.

»Naja, das kam daher, dass ich ihm einen recht harten Brief geschrieben habe, in dem ich mich über seine Art, die Sänger zu kritisieren, beschwert habe.«

»Und dann hat er dich zum Gespräch eingeladen, oder wie?« Aurelias Vaters Stimme klang ironisch.

»Genau. Ich hab mich auch gewundert. Naja, wir hatten schon einmal ein Gespräch, da hat er mir meine Fragen zum Genfer Psalter beantwortet.«

»Aurelia, du bist ... ich bin ganz irritiert von dem, was du erzählst. Wie kam denn das nun wieder?«

»Ich bin einfach in die Kirche gegangen und hab nach dem Gottesdienst mit ihm gesprochen. Ich wollte halt mehr über diese Musik erfahren, ich find sie stark.«

»Die kenn ich nur am Rande, hab davon in einem seiner Konzerte gehört. Ich kann mit dieser Musik wenig anfangen. Aber erzähl weiter von eurem Gespräch.«

»Komisch, dass dich das interessiert, Papa. Dann findest du Herrn Mattheis wohl auch spannend?«

»Ja, tatsächlich; und zwar durch das, was du von ihm erzählst. Also, lass hören.«

»Was ich verstanden habe, ist Folgendes – man könnte es salopp so ausdrücken: harte Schale, innig liebender menschlicher Kern. Er ist nämlich so hart und diszipliniert, weil er meint, nur auf diese Weise sein Ziel zu erreichen: der Musik zu dienen. Und die Musik ist sein Leben, hat ihn damals, als er Soldat sein musste - wusstest du das? -, gerettet.«

»Natürlich wusste ich das nicht. War er im Volkssturm? Oder richtiger Soldat?«

»Weiß ich nicht.«

»Und wieso gerettet? War er in einem Musikkorps?«

»Nein, sondern mental. Er hat sich in die Musik gedanklich zurückgezogen. Er hat das Wort *Fluchtpunkt* gewählt.«

»Oh. Das tut mir leid zu hören. Und ändert meinen Blick auf ihn. Ich gebe zu, dass ich ihm das nie zugetraut hätte, dass er so offen mit dir, ausgerechnet mit der Tochter seines ‚Feindes' – naja, so schlimm ist es auch wieder nicht – spricht. Das vertieft meinen Respekt ihm gegenüber.«

»Das freut mich! Vielleicht findet ihr noch zueinander. Ich jedenfalls finde, dass er viel zu sagen hat. Ich höre ihm unglaublich gern zu.«

»Ich kann dich jetzt besser verstehen, das erleichtert mich. Denn ehrlich gesagt war ich gekränkt, als du so begeistert von ihm gesprochen hattest, letztens. Ich dachte: das kann doch wohl nicht wahr sein, das ist nicht meine Tochter. Wie kann sie jemanden hochschätzen, der so rücksichtslos und eigensinnig mit Menschen umgeht. Aber du hast anders auf ihn geschaut – und Anderes entdeckt. Man soll sich kein Bildnis machen.«

»Das klingt so, als hättest du dir wirklich viele Gedanken um ihn und auch um mich gemacht.« Aurelia sah ihren Vater erstaunt an.

»Das ist wohl so.«

»Wieso das denn?«

»*Innig liebender menschlicher Kern.*« Aurelias Vater ging nicht auf ihre Frage ein. »Hattest du gerade gesagt. Ich bin fast bereit, das zu glauben, verstehe aber bloß nicht, warum er das kaum zeigt, eher sogar verbirgt. Er ist absolut unnahbar in Proben, das erzählen wirklich viele, das sehe nicht nur ich so. Warum zeigt er nicht seine Wärme? Das ist mir ein Rätsel. Keiner zweifelt seine Fachkompetenz an – er ist brillant – aber seine Menschlichkeit doch, und zwar viele. Viele Kollegen halten ihn für kalt, berechnend, unangenehm im Umgang. Ist doch schade. Ich dachte bislang immer, da sei halt nichts, aber jetzt erzählst du mir das Gegenteil. Wirklich seltsam. Und dann immer diese Eitelkeit. Oder sehe ich da auch etwas Falsches? Ein Gespenst? Eitelkeit ist aber eindeutig eine seiner Charaktereigenschaften, oder? Wie er sich immer verbeugt und dann lächelt.«

»Bist du fertig mit deinem Selbstgespräch? Mensch, Papa. Du verbeugst dich doch auch und lächelst auch, wenn das Konzert aus ist. Was ist denn los mit dir?«

»Ich fahr mal kurz weg, ja?«

Mit diesen Worten hatte sich Aurelia, seit sie mit Raphael zusammen war, häufiger verabschiedet. Es war auch gleichgültig, ob sie sie im Gehen ins Haus rief oder nicht, denn in ihrer Familie konnte jeder kommen und gehen, wie er wollte. Nur eine Person war von ihrer Mutter nicht so wohlgelitten, das war Adrian, Emmas Freund, aber nur, weil sie sein Parfum unangenehm fand.

Oft schon hatten sich Raphael und Aurelia bei Raphael getroffen, der keine Geschwister und eine ganze Etage für sich hatte, das ausgebaute Dachgeschoss. Aurelia liebte den Ausblick über die Stadt, den man am besten aus der Hängematte genießen konnte. Sie hatten Musik gehört, sich geküsst, gestreichelt auch, und Raphael hatte ein paar Geschichten vorgelesen. Aurelia fühlte sich so wohl, denn er war sehr gefühlvoll und spürte, wenn sie nicht länger oder tiefer berührt werden wollte. Raphael war ihr zweiter Freund, an den ersten, Martin, erinnerte sie sich nicht so gern, schon gar nicht an »ihr erstes Mal« auf einem kratzigen orangenen Sofa nah an einem Fenster, durch das der Vater unten aus dem Garten einen prima Blick auf das ungeschickte Liebespaar haben konnte. Sie hatte sich so schrecklich gefühlt, hatte aber seinem Drängen nachgegeben. Deshalb war sie auch mit Raphael so vorsichtig gewesen. Heute, so dachte sie auf dem Weg zu ihm, würde sie ihm keine Grenze setzen.

Er öffnete die Tür und sie küsste ihn gleich im Eingang stürmischer als sonst. Er sah sie fröhlich an und nahm ein Tablett von der Kommode im Flur. Darauf standen Tee, Kekse und Tassen. »Hat Mama uns gemacht.« Er ging voran die Treppe hinauf. Sie folgte ihm, ihre Hände auf seinem Po. Oben stellte Raphael das Tablett auf den Boden und wandte sich zu Aurelia. Perplex sah er, dass sie mit nacktem Oberkörper vor ihm stand, wie hatte sie das denn so schnell geschafft? Er nahm sie in die Arme und trug sie aufs Bett. »Habe ich deinen Begrüßungskuss also richtig verstanden?«

»Ja, das hast du! Der Tee kann warten, oder?«

Aurelia ging wie auf Wolken. Das Leben war ein Rausch für sie. Es war ein vollkommen neues Gefühl, in die Schule zu gehen und die Pausen mit Raphael zu verbringen. Sie genoss es jetzt, Raphael vor aller Augen zu küssen. Natürlich gab es auch Kommentare oder Blicke von Lehrern, aber das kümmerte sie nicht. Und es war aufregend, sich von Raphael überraschen zu lassen. Unglaublich, was er sich alles einfallen ließ. Manchmal erwartete sie an dem Fahrradständer, an dem sie üblicherweise ihr Rad anschloss, ein kleiner Gruß auf einem Zettel. Ein anderes Mal stand er vor der Tür ihres Klassenraumes mit einem Getränk oder einer Süßigkeit. Das Aufsehenerregendste war, dass er ihre Biologielehrerin offenbar dazu gebracht hatte, ihr einen Zweig mitzubringen, in den er AMAR geschnitzt hatte, (sein Nachname war Amelung). Das war ihr peinlich gewesen, sonst fand sie seine Aktionen alle hinreißend. Immerhin hatte diese Gravur sie dann in der langweiligen Biostunde dazu angeregt, über weitere Möglichkeiten zu sinnieren, wie man ihre Initialen kombinieren konnte. Sie kritzelte einen kleinen Brief:

So, Süßer, bin ich also bitter? Oder sollte ich nicht an Bitterkeit denken, bei dieser Anordnung der vier Buchstaben? Lieber bitter jedoch als billig fettig, wie Rama wäre. Raam hingegen schmeckt bestimmt gut, weil das doppelte a einen noch höheren Fettanteil anzeigt als das eigentlich vorgesehenen h. In einem Maar könnte man alle Bitterkeit versenken. Wer ist Amra, eine holde Schöne aus dem Orient? Und Arma ihr Mann, der Waffen trägt? Über Aarm und Aamr schweige ich nur. Du siehst, ich bin nicht ganz zufrieden und möchte einfach nur das sein: einzig Aurelia.

Erst später, als sie ihm den Brief schon gegeben hatte, war ihr aufgefallen, dass seine Gravur auch anders zu verstehen gewesen wäre, es fehlte nur ein Buchstabe, um ein lateinisches Verb daraus entstehen zu lassen, das alles andere als Bitterkeit versprach.

Und jeden Mittag nach Schulschluss erwartete er sie am Fahrrad (ob er manchmal früher aus dem Unterricht ging, um immer schon dort zu sein, wo sie gleich auftauchen würde?) und sie schmiedeten Pläne für den Tag. Es konnten nicht genug Stunden und Minuten sein, die sie zusammen waren. Bis auf den Freitag allerdings. Der war reserviert. Und besonders diesen Freitagabend erwartete Aurelia mit besonderer Intensität. Über all ihrem Glück mit Raphael hatte sie die besondere Begegnung mit Herrn Mattheis am Sonntag nicht vergessen. Ihr Magen kribbelte vor Aufregung, wenn sie an das bevorstehende Wiedersehen dachte.

Sie kam extra ein wenig früher als sonst. Rike war nicht da, aber er. Sie konnte mit dem ersten Blick auf Herrn Mattheis erkennen, dass er auch auf sie gewartet hatte. Er wandte den Kopf und lächelte sie an. Sie ging zu seinem Pult und begrüßte ihn.

»Hallo Aurelia, schön dich zu sehen. Sag, hast du denn den Regenbogen über der Kirche gesehen? Frau Becker meinte, sie habe keinen bemerkt.«

Er hatte seine Postkarte also verstanden!

»Aber natürlich, vorhin am späteren Nachmittag habe ich einen Bogen gesehen.« Sie freuten sich an der eigentlichen, auf einem anderen Kanal stattfindenden Kommunikation, die außer ihnen niemand erahnte. Wunderbar, dass man mit den harmlosesten Bemerkungen Blumensträuße überreichen konnte.

Sie setzte sich und wartete auf Rike. Kam sie nicht? Doch, kurz vor Beginn der Probe segelte sie herein. Noch im Hinsetzen flüsterte sie in Aurelias Ohr: »Ich muss dir was sagen! Später, ok? Beim Stammtisch dann.«

Aurelia war hin- und hergerissen. Einerseits wollte sie, dass diese Probe nie endete, um immer weiter Herrn Matheis anzuschauen und jedes Wort von ihm aufzusaugen, andererseits wollte sie sehr gern wissen, was Rike von ihr wollte.

Nach der Probe sagte Rike sofort zu Aurelia: »Komm, wir gehen jetzt in die Kneipe.« Mit Katrin hatte Aurelia ohnehin schon lange nicht mehr geredet, überhaupt mieden sie sich, auch in der Schule. Aurelia hatte sie nicht gefragt, was los war, Katrin hatte auch nichts gesagt, sie ließen es auf sich beruhen.

»Erzähl, was ist es? Ich bin gespannt.«

»Also, du weißt ja, dass ich Innenarchitektur studiere. Dafür muss ich eine Studienarbeit abgeben mit dem Titel *Körper im Raum* und ich wollte dich fragen, ob du mein Modell sein möchtest?«

»Hmm, was heißt das denn? Ich kann mir nichts darunter vorstellen.«

»Das heißt nur, dass du dich in verschiedenen Räumen auf verschiedene Möbel oder in verschiedene Positionen im Raum stellst und ich dich dort zeichne. Ich möchte mich auf ungewöhnliche, aber mögliche Kompositionen konzentrieren, zum Beispiel im Abendkleid in der Küche oder im Blaumann auf einer Schaukel.«

»Ach, ich zieh Kostüme an und schlüpfe in Rollen? Das klingt interessant.«

»Echt? Du bist dabei? Das ist toll!«

»Ja, kann ich mir gut vorstellen. Aber die Kostüme kommen von dir, oder?«

»Klar. Auch für die Orte hab ich schon Ideen. Du bist also dabei?«

»Gern, ich find das spannend.«

»Können wir uns diese Woche schon treffen? Ich würd erst mal nur ein paar Fotos machen, um die Wirkung zu sehen, das Zeichnen kommt dann, wenn wir die Settings haben.«

»Wann soll ich wo sein?«

»Komm bitte am Dienstag um 14 Uhr in die Uni, da gibt es ein paar Räume mit verschiedenen Einrichtungsstilen.«

»Wo ist das genau?«

Aurelia freute sich auf Dienstag. Pünktlich kam sie in der Wohnung der Uni an, wo Rike schon auf sie wartete. Auf einem Stuhl lagen ein Hosenanzug, ein Hippie-Kleid und ein Fechtanzug.

»Ich dachte, wir arbeiten quer Beet, nur mal um zu gucken, wie es so läuft.«

»Ok! Was soll ich als Erstes anziehen?"

„Wie wäre es mit dem Anzug? Ich habe extra einen eng geschnittenen herausgesucht, ich hoffe, er passt dir.«

Der Anzug war blau, eine Bluse war nicht dabei.

»Soll ich mein T-Shirt anlassen?«, fragte Aurelia hinter dem Schrank, wo sie sich umzog.

»Nein, das sieht blöd aus, nur BH, bitte, eine Bluse habe ich vergessen, tut mir leid, aber heute kommt es nicht so drauf an.«

»Wie du meinst. Da bin ich.«

In dem Moment, in dem Aurelia hinter dem Schrank hervortrat, hatte Rike ihre Kamera bereits gezuckt und fotografierte Aurelia, die ein paar Posen übte und dann zum Sofa schlenderte, ständig begleitet vom Klicken der Kamera.

»So, jetzt sag mir, was ich machen soll.«

»Du machst das super, du siehst in dem Anzug um fünf Jahre älter, seriös und attraktiv aus. Kannst du dich hier auf das Fensterbrett stützen und nach draußen gucken?«

»Wie wäre es mit einem Glas in der Hand?«

»Ne, das ist zu klassisch.«

»Hast du einen Dildo?«

»Mensch, Aurelia, das hätte ich dir nicht zugetraut. Heute habe ich natürlich keinen, aber ich kann zum nächsten Mal einen mitbringen. Was willst du denn mit ihm veranstalten? Wenn ich fragen darf?«

»Du darfst. Was weiß ich, dran lutschen jedenfalls nicht. Hätt ich mir übrigens auch nicht zugetraut, vor nicht allzu langer Zeit hab ich im Sport einen sexuellen Übergriff erlebt, davon habe ich bis jetzt nur Katrin erzählt, es war nicht gar zu schlimm, aber ich möchte doch, dass du es weißt, und jetzt gerade kommt es mir so vor, als sei ein Posieren mit dem Dildo eine gute Möglichkeit, das loszuwerden.«

»Oh, das tut mir leid.«

»Sprechen wir nicht davon, wie gesagt, so besonders schlimm war es nicht, ich wollte es nur sagen.«

»Ok. Konzentrieren wir uns auf die Fotos. Du hast eine unglaubliche Energie. Kannst du jetzt das Kleid anziehen?«

»Wie soll ich mich jetzt verhalten?«, fragte Aurelia mit samtweicher Stimme, mit der sie sich karikieren wollte. Aber das wirkte nicht.

»Erst mal herkommen, du hast dich verknöpft.« Rike brachte Aurelias Kleid in Ordnung und strahlte sie dabei an. »Das macht einen irren Spaß mit dir, Süße!«

»Ja, das find ich auch!«, lachte Aurelia und wirbelte herum. Rike drückte ihr ein Mikrofon in die Hand und ließ von einem Kassettenrecorder *All that she wants* laufen. Sie führte Aurelia in einen als Garage eingerichteten Raum und fotografierte, wie sie inmitten des Werkzeugs sang und tanzte. Aurelia bewegte sich so, als sei das ihr tägliches Tun, so frei und entspannt. Rike war hingerissen. »Ich hab gewusst, dass du genau die richtige Besetzung für diese Arbeit bist! Jetzt der Fechtanzug. Dabei muss ich dir helfen, schätze ich. Komm!«

»Sag mal«, fragte Aurelia beim Umziehen, »was hältst du eigentlich von Herrn Mattheis?«

»Ich mag ihn, er ist auf seine Weise besonders. Und er ist viel netter, als er sich in den Proben verhält.«

»Woher weißt du denn das?«

»Oh, aha? Interessiert dich das? Hmm.« Sie warf Aurelia einen prüfenden Blick zu. »Na, er ist mit meinen Eltern befreundet und da hab ich ihn von klein auf erlebt, richtig lieb und humorvoll ist er.«

»Kann ich mir tatsächlich kaum vorstellen.« Aurelia hatte instinktiv geantwortet. Natürlich wusste sie, dass Herr Mattheis ganz anders sein konnte als im Chor, aber das wollte sie Rike nicht auf die Nase binden. Rike schien nicht zu gefallen, dass Aurelia sie nach Herrn Mattheis fragte.

»Sprich ihn halt einmal an. Ist aber jetzt egal, oder? Jetzt geht's darum, dich in diese Montur zu kriegen.«

Rike stand die ganze Zeit dabei, während Aurelia sich umzog. Das war Aurelia unangenehm, weil sie sich erst dadurch bewusst wurde, welch hässliche Unterwäsche sie trug.

»Verzeih, ich sehe schäbig aus.«

»Nein, DU siehst toll aus, aber deine Wäsche nicht. Macht doch nichts, ich bringe das nächste Mal welche mit.«

»Spielt das denn eine Rolle? Wofür brauche ich die?«

»Mal sehen, es fühlt sich jedenfalls gut an, schöne Wäsche zu tragen, wirst sehen. Und deine Größe kenne ich jetzt ja.«, meinte Rike mit einem Blick auf Aurelia.

Warum empfand sie diesen Blick nicht als Zumutung?

Sie brachten die Aufnahmen im Fechtanzug auf einem Sonnenstuhl zu Ende. Aurelia fand, dass Rike gute Ideen hatte, außerdem machte es ihr großen Spaß, sich fotografieren zu lassen, das hätte sie nicht gedacht.

»Ok, genug für heute, das war super, Aurelia. Ich freu mich auf das nächste Mal. Ich bring die Fotos hoffentlich am Freitag schon mit, je nachdem, wie schnell ich sie entwickelt bekomme. Du willst sie doch sehen, oder?«

»Unbedingt! Ich bin total gespannt, wie ich als »Modell« aussehe. Kann mir nicht vorstellen, dass das gut aussieht.«

»Wart's ab, ich bin sicher, dass du überrascht sein wirst. Jetzt komm aber, wir müssen hier raus, der Raum ist gebucht.«

Und sie zog Aurelia mit sich, aus dem Raum und auch aus dem Gebäude. Die gesamte Strecke lang zog sie sie. Aurelia fand das seltsam, aber vielleicht hatte Rike es besonders eilig. So schien es auch, als sie sich verabschiedeten, Rike ließ sie plötzlich los, beugte sich vor und küsste Aurelia flüchtig auf den Mundwinkel, drehte sich um, winkte im Weggehen. »Bis Freitag dann.«

»Bis Freitag.«

Der halbe Luftkuss brannte auf Aurelia. Hatte Rike sie küssen wollen oder war der Wangenkuss verrutscht, weil Aurelia sich bewegt hatte? Sie war sich nicht sicher, sondern verdattert. Sie konnte die Begegnung nicht einordnen. Stirnrunzelnd und den Facetten der Begegnung nachsinnend, ging sie nach Hause. Hatte der Unwille, mit dem Rike auf Aurelias Interesse an Herrn Mattheis reagiert hatte, auch etwas damit zu tun? Eine Eifersucht Rikes kam ihr absurd vor, aber der Gedanke zog durch ihren Kopf.

Sie musste jetzt erst einmal Abstand gewinnen. Sie holte von zuhause ihr Buch und lief los. Auf ihrer Lieblingsstrecke lief sie etwa 75 Minuten, es war eine Runde, die sie aus der Stadt hinaustrug, über den Berg aufs freie Feld, einmal um ein großes Gehöft, und wieder zurück. Am höchsten Punkt stand eine Bank, auf der sie dann las oder auch manchmal Tagebuch schrieb. Oft schon war sie diesen Weg gegangen und immer hatte sie auf dem Weg gefunden, wonach sie gesucht hatte, mal Ruhe, mal Klarheit, mal Inspiration.

Sie lief los und hatte den Berg fast vollständig erklommen, da schnitt ihr ein rückwärts aus einer Hauseinfahrt fahrendes Auto ziemlich knapp den Weg ab. Fast wäre sie davor gelaufen. Sie klopfte empört an die Scheibe, das Auto bremste abrupt ab. Sie beugte sich vor, um dem Fahrer ein Zeichen zu geben, dass er aufpassen möge. Beinahe wäre sie umgefallen, als sie in Alberts blaue Augen sah.

»O, entschuldige vielmals, Aurelia, ich hätte dich ja beinahe überfahren.« Herr Mattheis war ausgestiegen und zu ihr gelaufen. »Ist etwas passiert?«

»Nein, gerade so eben noch nicht.«

»Dass ich dich hier treffe… Du wohnst doch gar nicht hier in der Gegend.«

»Nein, stimmt, Sie?«

»Ja, gleich hier. Was treibst du denn hier?«

»Ich geh spazieren.«

»Mit einem Buch?«

»Ja, das mach ich oft.«

»Du kannst dich auch gern in meinen Garten setzen, da hast du dann die schönste Ruhe, die du dir zum Lesen wünschen kannst.«

»Oh. Wirklich?« Aurelia wurde rot, sie wusste nicht so recht, was sie sagen sollte. »Wundert sich denn dann niemand, wenn ich dort sitze?«

»Nein, nein, du kannst aber auch meiner Frau kurz Bescheid geben, dass wir uns getroffen haben und ich dich eingeladen habe. Mir fehlt dazu jetzt leider die Zeit, ich bin in Eile, wie du gemerkt hast.«

»Gut! Dann probiere ich Ihre Bank einmal aus! Auf Wiedersehen!« Sie sah noch zu, wie Albert in das Auto stieg und klingelte dann an der Tür, um Frau Mattheis Bescheid zu geben. Sie hatten sich noch nie gesprochen, nur von fern gesehen. Frau Mattheis war eine zierliche kleine Frau, die sehr gepflegt war und etwas Bodenständiges hatte.

»Ach, wen haben wir denn da?«, sagte Frau Mattheis überrascht, als sie die Tür öffnete.

»Ich bin Aurelia, ich singe im Chor.«

»Ja, ich glaube, ich kenne dich. Du bist die Tochter des Pianisten Maurer, oder?«

»Genau. Ihr Mann hat mir angeboten, in Ihrem Garten zu sitzen und zu lesen. Wir haben uns eben zufällig getroffen.«

»Ja gern, fühl dich wie zuhause. Möchtest du etwas trinken?«

»Nein, vielen Dank für das Angebot. Machen Sie sich keine Umstände! Ich lese ein wenig und bin dann wieder weg.«

»Du kannst bleiben, solange du willst. Eine schöne Zeit wünsche ich dir!«

»Danke sehr, Ihnen auch!«

Aurelia ging den kurzen Weg hinunter zu der Bank unterm Apfelbaum. Er blühte noch. Das kurze Gespräch mit Frau Mattheis hatte sie berührt, sie war ihr sympathisch. Aber schon bald kam der Grund für ihre Unruhe wieder zum Vorschein. Rike und die Verabschiedung.

Was war das nur gewesen, das mit Rike? War da überhaupt etwas? Oder nur Einbildung? Diese uneindeutige Berührung der Lippen wühlte sie auf. Warum bewegte sie das so? Sie wusste keine Antwort. Was kann man denn bloß alles gleichzeitig fühlen? fragte Aurelia sich. Sie versuchte zu lesen. Aber ihr Blick wanderte immer wieder in den Himmel. Die Zweige waren ein starker Kontrast zum Blau des Himmels. Sie wurde ruhiger. Der Garten war eine Oase.

Raphael hatte eine Überraschung für sie: Karten für das Kammertheater der Stadt. *Werther* sollte gespielt werden, als Ein-Mann-Stück. Raphael hatte Aurelia von zuhause abgeholt, ohne dass sie wusste, wohin er sie mitnahm, sie freute sich auf den Abend, freute sich über die Überraschung. Er hatte sich sogar ein Jackett angezogen und sah umwerfend gut aus. Sie flog ihm in die Arme, nach ihrem Begrüßungskuss jedoch beugte sich Raphael zurück und sah Aurelia prüfend an.

»Was ist mit deinen Lippen los?«

»Wieso, was soll mit ihnen los sein?«

»Sie sind so kühl und hart. *Wo ist dein Lieben geblieben*?«

»*Wer brachte dich drum?* Hier, schau, unverändert da.« Sie küsste ihn.

Er schüttelte den Kopf, nicht überzeugt. »Komm, lass uns gehen. Vielleicht taut Werther dich auf.« Er nahm ihre Hand und gemeinsam gingen sie den kurzen Weg von Aurelias Zuhause in die Innenstadt. Es war eine intime Atmosphäre in diesem Theater. Die Bühne war umgeben von tribünenartig angeordneten Bänken und Stühlen, unmittelbar konnte der Schauspieler hier mit seinem Publikum kommunizieren. Aurelia war begeistert von dem Stück, obwohl sie sich fragte, warum das Theater Prosastücke auf die Bühne brachte. Andererseits hatte der *Werther* einfach so viel Kraft und thematisierte ein zeitloses Thema, dass sie es dann doch wieder verstehen konnte, dass es eine Bühnenfassung gab. Sie verfolgte die Aufführung genau und war berührt von Werthers Tragik. Es gab so viele Möglichkeiten für Schauspieler, sich auszudrücken, Figuren zu spielen oder nur anzudeuten, mit wenig Requisite eine Welt entstehen zu lassen, sie war beeindruckt.

»Wie fandst du das Stück?«, fragte sie Raphael.

Doch der antwortete nicht, saß gar nicht mehr neben ihr. Oh weh, wo war er und wann war er gegangen? Warum hatte sie nichts bemerkt? Seine Jacke war weg. War er also wirklich gegangen? Wie konnte das sein? Sie stürzte aus dem Raum, schaute, ob er draußen in dem Café war. Nein, auch dort nicht. Sie bekam einen Schrecken, rannte zu seinem Haus und hoffte, dass sie ihn dort antreffen würde. Tatsächlich. Er öffnete das Fenster, an dem sie schon einige Male gestanden hatte, und rief: »Na endlich. Ich mach dir auf.«

»Mensch, Raphael, was ist denn passiert?«

»Ach, ich war eifersüchtig. Auf das, was deine Lippen hart gemacht hat, und auf den Schauspieler, dessen Spiel du so intensiv verfolgt hast, dass du gar nichts mehr von mir mitbekommen hast. Oder hast du gemerkt, dass ich meine Hand auf deinen Rücken gelegt habe? Dich geradezu angestiert habe von der Seite?«

»Nein.«, gab Aurelia zu. »Das tut mir total leid, aber das Stück war so gut, das hat mich einfach fasziniert.«

»Also, ich tu mich ein bisschen schwer, das zu verstehen. ‚Das Stück war so gut.' Dass du nicht gemerkt hast, dass ich abgehauen bin! Das finde ich echt komisch. Und ich kann mich darüber auch nicht beruhigen.«

»Ja, ich verstehe, dass das seltsam auf dich wirkt. Andersherum wäre das für mich auch seltsam und ich wäre wütend. Aber ich war eben wie in einem Tunnel.«

»Stimmt denn etwas nicht mit uns?«

»Doch, alles stimmt. Wirklich. Für mich ist alles richtig.«

»Das sagst du so. Ich weiß nicht.«

»Es tut mir leid, Raphael, sehr. Kannst du mir verzeihen?«

»Ich versuche es. Aber es ist wirklich nicht leicht mit dir!« Raphael küsste sie wieder und diesmal schien er mit dem, was seine Lippen spürten, einverstanden zu sein.

Im Chor erwartete Aurelia die zweite Überraschung der Woche: die Fotos, die Rike von Aurelia gemacht hatte. Gleich zu Anfang hatte Rike Aurelia den Umschlag gezeigt und die ersten Fotos herausgeholt.

»Oh, wie sehe ich denn da aus! Ich erkenne mich kaum.« Aurelia wandte sich erstaunt Rike zu.

»Ja, das ist der Wahnsinn, oder? Schau, hier, der Anzug, ich hab dir bereits während der Aufnahmen gesagt, wie stark du darin ausgesehen hast. Dein Blick auf diesem Foto, einfach irre. Ich bitte dich hiermit also offiziell, mein Modell zu sein.«

Aurelia ließ das Foto sinken und sah Rike an. »Na klar, das mache ich gern.« Sie hatte beschlossen, unvoreingenommen Rike gegenüber zu sein. Bei Raphael war sie schließlich auch zu skeptisch gewesen und hatte falsch gelegen.

»Oh jaa!« Rike umarmte Aurelia stürmisch, dabei fiel das Foto zu Boden und segelte in Richtung Klavier. Herr Mattheis war schneller als sie, höflich wie er war, hob er das Bild auf, warf im Zurückgeben einen Blick darauf, dann noch einen, schaute sie groß an und gab es ihr schließlich ohne wörtlichen Kommentar zurück, aber seine Augen sprachen. Aurelia wurde rot.

»Aurelia? Du bist ja rot geworden. Wieso denn das?« Rike musterte sie.

»Ich schäme mich, dass er mich so gesehen hat«, log Aurelia.

»Lass uns die Fotos nachher in der Kneipe in Ruhe anschauen, ok?«

»Ach, ich weiß nicht, dann wollen vielleicht andere gucken, das find ich blöd.«

»Na gut, ich geb sie dir einfach mit. Wollen wir denn nachher einen Termin ausmachen fürs Zeichnen?«

»Gerne, ich freu mich schon darauf, das hat mir neulich viel Spaß gemacht.«

»Das sieht man den Fotos auch an.«

Zuhause in ihrem Bett ging Aurelia die Begegnung mit Rike in Gedanken durch. Nichts, aber auch gar nichts im Verhalten Rikes hatte auf irgendeine Form des Flirtens hingewiesen. Sie war Aurelia unbefangen begegnet, auch, als sie die Köpfe über den Fotos eng zusammengesteckt hatten. Aurelia seufzte erleichtert, denn eine komplizierte Frauenfreundschaft konnte sie nicht auch noch ertragen. Sie war vollauf damit beschäftigt, ihre Zuneigung zu zwei Männern zu bewältigen. Sie zog die Bettdecke über ihren Kopf, als könnte sie ihr Schutz geben vor den unabweisbaren Gefühlen, die sie mehr und mehr beschäftigten.

Lieber Raphael!

Es tut mir immer noch so wahnsinnig leid und ist mir so peinlich, wie ich mich neulich im Theater verhalten habe, dass ich es gerne wieder gut machen möchte mit der Einladung zu einem anderen kulturellen Ereignis: in der Heilig Kreuz Kirche in Holder gibt es am Sonntag ein Kantaten-Konzert. Mama singt auch mit. Was hältst du davon, dass ich dich um 16 Uhr abhole und wir uns das zusammen anhören. Die Kirche ist sehr hübsch und wunderschön gelegen, wir könnten vorher übers Land spazieren. Ich könnte auch Picknick mitnehmen. Was meinst du dazu? Ich hoffe, du sagst ja. Deine Aurelia

Ihre Plätze befanden sich auf der Empore auf der Kanzelseite in der ersten Reihe. Es waren gute Karten, fand Aurelia, die immer gern einen Blick auf die Ausführenden hatte. Voller Vorfreude beugte sie sich über die Brüstung, studierte das Orchester und erklärte Raphael die einzelnen Instrumente. Im Chor sang ihre Mutter mit, schon seit Aurelia denken konnte. Der Chor trat auf, die Gespräche im Schiff verstummten schlagartig. Es herrschte eine schöne Spannung. Sie konnte ihre Mutter gut sehen, der Sopran stand ihnen schräg gegenüber. Das erste Stück war eine Kantate für Chor, Orchester und Soli. Aurelia mochte das Stück, sie kannte die Sopranlinien von zuhause; ihre Mutter sang sehr viel und immer aus voller Kehle. Raphael hatte seine Hand in ihre gelegt und sich zurückgelehnt. Ein wunderschönes Gefühl der Geborgenheit durchströmte sie.

Er war gekommen, um zu hören, was der Kollege denn so anzubieten hatte. Wie immer saß er auf der Empore mit Partitur und Stimmgabel. Er hatte sie gleich gesehen, wie sie da mit einem sympathischen Jungen an der Seite ihren Platz suchte. Offensichtlich waren sie ein Paar, denn er hatte einen Arm um sie gelegt, als sie sich über die Brüstung beugten, um ins Schiff zu schauen. Sie küsste den dunkelhaarigen Jungen immer wieder, wenn sie ihm lachend ins Gesicht schaute. Es war schön mitanzuschauen, dieses jugendliche Glück.

Wie wäre es, wenn *er* an seiner Stelle wäre, sie *ihn* anstrahlte, *ihn* küsste? Abrupt wandte Albert den Blick ab, schlug in den Noten die passende Seite auf, präparierte sich für das Konzert. Ganz ordentlich war das erste Stück musiziert, die Kantate *Aus der Tiefen ruf ich, Herr, zu dir*. Das Tempo wackelte im Übergang zum Vivace. Da wäre eine andere Schlagtechnik von Vorteil gewesen. Auch die Oktavsprünge erreichten nicht genau die Höhe, die sie hätten haben sollen. Aber insgesamt doch ansprechend. Der Chor setzte sich, das zweite Stück war eine Alt-Solokantate. Das gleichmäßige, metronomartige Pochen der Continuo-Gruppe ging ihm durch Mark und Bein. Er wusste nicht, wie ihm geschah. So oft hatte er das Stück gehört und auch selbst aufgeführt, er kannte jede Note. Aber das alles war kein Schutz. Er fühlte sich ermahnt, ertappt, als meinte die Musik ihn. Unwillkürlich hob er beim Einsatz der Altistin den Blick und sah direkt in Aurelias Augen. *Widerstehe doch der Sünde.* Vor Schreck rutschten ihm beinahe die Noten von den Knien. Über eine Distanz von einigen Metern schauten sie sich unverwandt an. Konnte sie seinen Blick lesen, den er bald wieder unter Kontrolle hatte? Hatte sie seine Offenbarung gelesen? Den Jungen konnte er nicht sehen, ein Pfeiler verdeckte ihn. Also hatte er Herrn Mattheis Blick nicht sehen können, nicht den Liebesstrahl sehen können, der seine Freundin von fremder, falscher Seite getroffen hatte.

Herr Mattheis drehte den Kopf und schaute in den Chorraum. Man kann sich nicht betrügen. Oh nein, das kann man nicht. Wie er sie angesehen hatte! Wie seine Augen unwiderstehlich zu ihr gelenkt worden waren. Hatte das Gift der Sünde ihn bereits ergriffen? Ganz heimlich? Hinterrücks? Als blinder Passagier der Freude über ihre Wissbegierde, Freude an ihrer Energie, ihrem frischen Wesen in seinem Herzen Einzug gehalten? Kann Freude Sünde sein? War es Sünde, sich überhaupt mit ihr zu treffen? Wenn dein Herz dabei in Flammen steht, ja, Albert! Offenbar tat es das, denn immer noch schlug es wild unter den Tönen der Musik und schickte viel zu viel Blut in seinen Kopf. Ihm war furchtbar warm. Er durfte sich nicht weiter einlassen. Aber von ihr lassen? Ging denn das? Wie sollte er es ihr auch begreiflich machen? Das war schlichtweg nicht möglich, hatte er ihr doch bereits deutlich gezeigt, wie sehr er sie mochte. Aber er durfte die Beziehung nicht weiter befördern, er wollte Henriette nicht kränken und das junge Glück nicht zerstören. Er hatte nichts zu suchen in Aurelias Leben, allenfalls die Rolle eines väterlichen Freundes konnte er ausfüllen. Ja, das war doch möglich, oder? Er kannte sich nicht aus, mit derlei nicht. Aber er traute sich zu, sein Herz zu verschließen, das ihm eben zwar seine unbedingte Eigenwilligkeit gezeigt hatte, was er aber gewiss übersehen konnte. Wenn das Leben ihn eines gelehrt hatte, dann war es, dass er über Disziplin und eisernen Willen verfügte. Und Demut. Er wusste und fühlte nur allzu gut, dass seine Liebesgefühle falsch in einem jungen Leben waren. Er wünschte Aurelia viele Verehrer und Liebhaber, aber er, das war ihm klar, durfte nicht dazugehören. Würde nicht dazugehören. Zu ihrem Schutz. Sie wusste erst so wenig vom Leben, es kam auf ihn an, allein auf ihn. Mochte sie ihn noch so anstrahlen, ihm noch so viele Briefe schreiben, noch so oft in seinem Garten lesen, er würde freundlich, aber distanziert sein. Heiß strömte sein Blut ins Gesicht. – Wollte sie von ihm überhaupt diese Art von Beziehung, die er sich gerade ausmalte? Deutete er sie überhaupt richtig? Sie hatte nichts dergleichen eindeutig gesagt. Oh weh, Albert! Oh Scham! Umso leichter wird es sein, umso leichter. Wo sie Autorität, Orientierung sucht, wird er sie ihr geben können. Sie lachte immer so süß, wenn er seine Sätze so begann: Das kann ich dir ganz genau sagen. Der Ansturm war vorüber. Er atmete auf. Er hatte seine Sicherheit zurückgewonnen.

Das Konzert war aus. Nach dem Beifall leerte sich die Kirche nur langsam. Aurelia stand auf, drängte Raphael, mit ihr nach unten zu gehen, zum Chor, zu ihrer Mutter. Sie wollte, das sagte sie Raphael nicht, so gern Herrn Mattheis treffen, ihn sprechen. Sie hatte ihn recht bald nach Beginn des Konzerts entdeckt, er hatte ihr einen tiefen Blick zugeworfen, sich dann allerdings abgewandt und nicht wieder herübergeschaut. Es gab zwei Treppen hinunter ins Kirchenschiff und da er auf der anderen Seite saß, würde er wohl die dortige Treppe benutzen. Vielleicht hielt ihn das Gespräch mit den zahlreichen Menschen, die ihn hier kannten, auf und bot ihr Gelegenheit, seinen Weg zu kreuzen.

Raphael wunderte sich über Aurelias Eile, zu ihrer Mutter zu gelangen, passte sich aber ihrem Tempo an. Unten angekommen schaute sie in alle Richtungen, ob sie seine Gestalt, seine weißen Haare, seine blauen Augen irgendwo sähe. Nirgends. Nicht im Altarraum, nicht im Schiff, nicht im Eingang, nicht davor. Er war gegangen. Schade.

»Suchst du wen?« Raphael hatte sie beobachtet.

»Ja, ich habe Herrn Mattheis im Konzert gesehen, ich wollte ihn kurz sprechen.«

»Deinen Chorleiter? Den siehst du doch am Freitag, oder? Lass uns jetzt lieber zu deiner Mutter gehen, sie winkt schon.«

Aurelia folgte ihrem Freund, einen letzten Blick suchend über die Schulter werfend.

Für die erste Zeichnen-Stunde hatte Rike Aurelia zu sich nach Haus gebeten bzw. in ihr Elternhaus. Sie bewohnte nämlich ein kleines Zimmer in einer Studentenbude, aber ihre Eltern besaßen ein großes Haus mit einer riesigen Wohnküche.

»Komm rein!« Rike öffnete Aurelia die Tür, bevor sie geklingelt hatte. »Ich habe dich bereits erwartet.« Die Kleider, die Aurelia tragen sollte, lagen ordentlich auf dem Sofa. Es war auch Unterwäsche dabei, stellte Aurelia gar nicht so überrascht fest. Rote. Auch Schuhe hatte Rike herausgesucht.

»Ziehst du dich gleich um? Ich habe die Heizung extra wärmer gestellt, damit du nicht frierst, denn das Abendkleid ist zwar lang, aber schulterfrei.«

»Wow, tolles Kleid!« Aurelia hob es hoch. Es war rot, der Seidenstoff floss elegant, im Nacken wurde das Kleid gebunden. Sie sah, dass der BH anders zu knüpfen war, als sie es kannte. Nicht über die Schulter, sondern um den Nacken. Sie hob ihn fragend hoch.

»Ich kann dir helfen, wenn du damit nicht zurechtkommst«, bot Rike an.

»Ja bitte, das wäre nett. In so etwas habe ich mich noch nie gekleidet.« Aurelia hatte sich ausgezogen und die rote Unterhose angezogen.

»Arme hoch!«, befahl Rike lachend. Sie befestigte den BH an Aurelias Körper und die Berührungen, die dabei nötig waren, empfand Aurelia als angenehm. Sie beobachtete Rike, die sachlich ihre Arbeit machte, als sei Aurelia eine Puppe. Zum Abschluss strich sie ihr einmal kurz über Bauch und Rücken, als leite sie Energien aus.

»Wunderbar!«, sagte Rike und dachte Aurelia, die nun vollkommen gelöst war, Kleid und Schuhe anzog und sich in Position bringen ließ.

»Während des Zeichnens kann ich übrigens nicht sprechen, es wäre also gut, wir würden schweigend arbeiten, ist das ok?«

»Na klar! Verstehe ich auch.« Aurelia hielt still, Rike musste sie hin und wieder jedoch korrigieren. Sie tat das jedes Mal liebevoll, gab Aurelia keine hinweisenden Worte, sondern kam mit dem Stift zwischen den Zähnen zu ihr und änderte das, was geändert werden musste. Ihre Berührungen waren sanft und bestimmt. Aurelia fühlte sich wohl.

Rike arrangierte sie mit dem Abendkleid in drei verschiedenen Posen, zeichnete schnell die Skizzen und bat Aurelia dann, den Overall anzuziehen. Aurelia hatte gerade ihre Position gefunden, Rike den Stift aufs Papier gesetzt, da fragte Rike beiläufig: »Hast du denn jetzt mehr Kontakt zu Herrn Mattheis?«

Aurelia erschrak und veränderte vor Überraschung ihre Haltung. »Wieso fragst du?«

»Weil ich schon beim letzten Treffen gemerkt habe, dass dieser Mann dich besonders interessiert. Das hast du jetzt wieder bestätigt.« Rike sprach ruhig in ihren Skizzenblock hinein.

»Ja, naja, besonders interessiert, ja, irgendwie schon, ich weiß auch nicht.«

»Du stotterst ja.«

»Und du lachst über mich, stimmt's?« Aurelia wusste nicht, ob sie wütend wurde.

»Nein, das darfst du nicht denken. Du interessierst mich und ich mag dich. Außerdem kann ich gut beobachten und hab gesehen, dass ihr anders miteinander umgeht, Herr Mattheis und du, dass du für ihn sichtbar geworden bist, ihm etwas bedeutest.«

»Ja? Woran hast du das denn erkannt?« Aurelia hatte Mühe, nicht rot anzulaufen.

Rike bedachte sie mit einem mitfühlenden Lächeln. »Du weißt schon, das Foto neulich. Wie er es dir zurückgegeben hat, euer Blick dabei. Ich kenne ihn, das war ein besonderer Blick, kein neutraler. Und du hast entsprechend reagiert. Es gibt eine Schwingung zwischen euch.«

»Ich finde ihn jedenfalls beeindruckend, ich lerne so viel von ihm. Aber seine Probenarbeit mag ich oftmals nicht. Da ist er mir zu kühl.«

»Das verstehe ich, das hat sich aber deutlich verbessert. Früher hat er sogar die Leute einzeln vorsingen lassen und vor allen kritisiert.«

»Wie bitte?«

»Ja. Dagegen ist er jetzt geradezu altersmilde. Und bald ist das alles eh Geschichte. Dann kommt ein anderer, das wird auch gut! Es geht doch ums Singen?«

»Na sicher. Er wird mir dennoch fehlen!«

»Das glaube ich. Bist du denn sicher, dass du deine Gefühle im Griff hast?«

»Absolut! Was ist denn das für eine Frage? Ich liebe meinen Freund, nicht Herrn Mattheis. Dass du das nur denken kannst! Das denkst du doch, oder? Raphael ist wunderbar und gibt mir alles, was ich mir nur wünschen kann!«

»Na, dann ist ja alles gut. Ich wollte dich nur warnen, dass du auf der Hut bist. Denn was geschieht, wirkt.« Aurelia konnte nicht erkennen, ob Rike ihr glaubte oder nicht. »Zwei Skizzen noch, dann hast du es geschafft.«

Aurelia beschloss, auf den Themenwechsel einzugehen: »Darf ich sie nachher sehen?«

»Na klar, wir machen es uns nachher gemütlich, in Ordnung?«

Nach der Arbeit zog Aurelia sich um und Rike machte Tee.

Rike setzte sich zu Aurelia aufs Sofa, den Skizzenblock in der Hand.

»So, jetzt zeig mal deine Zeichnungen. Ich verstehe zwar nichts davon, aber ob sie mir gefallen oder nicht, kann ich sagen.«

Rike zeigte ihr die Skizzen von heute und auch andere. Später setzte sie sich ans Klavier und spielte Aurelia etwas vor. Aurelia blieb bis in den Abend hinein. Sie genoss in vollen Zügen die Nähe und das Gespräch mit der einige Jahre älteren Rike. Es macht doch einen Unterschied an Lebensweisheit, dachte sie, wenn man das Elternhaus verlassen und seinen eigenen Weg eingeschlagen hat.

Als sie ging, umarmte sie Rike lange. »Danke für den wunderschönen Abend.«

»Ich danke dir! Und bis zum nächsten Mal! Wir sind ja noch nicht fertig mit Zeichnen, gell?«

»Zum Glück!« Aurelia winkte fröhlich, als sie sich verabschiedete. Aber in ihrem Kopf dröhnte ein Wort fort und fort: Ich wollte dich nur warnen. Warnen? Wovor? Ach, was: sie wusste es längst, und wenigstens sich selbst gegenüber konnte sie aufhören so zu tun, als sei ihre Zuneigung zu Albert harmlos. Rike hatte recht. Aber kam die Warnung rechtzeitig? *Was geschieht, wirkt*. Dieser Spruch von Rike erhellte ihr auf einen Schlag ihr Dilemma. Begegnungen wirken, Worte wirken, Blicke, oh ja Blicke auch. Auch Wünsche? Spinnen sich geheime Fäden um den, an den man denkt, von dem man träumt? Und kann man sich umprogrammieren, indem man andere Dinge denkt? Nicht in diese blauen Augen schaut? Aurelia seufzte. Das wollte sie einfach nicht. Sie wollte nicht ohne dieses Blau leben.

Es war kalt geworden, der Winter kam dieses Jahr früh und mit ihm das Ende des Kirchenjahres: Der Moment der Aufführung des Requiems von Brahms war gekommen.

Für Herrn Mattheis begann seit geraumer Zeit schon das Konzertgeschehen in dem Moment, da er etwa zwei Stunden, bevor die ersten Töne erklangen, ein Käsebrot und eine Banane aß. Auch das war ein Zeichen seiner abnehmenden Kraft, dass er so genau auf seinen Körper achten musste. Die Generalprobe war sehr gut verlaufen und er gehörte nicht der Gruppe an, die annahm, dass deswegen das Konzert schlecht gelänge. Er hatte exquisite Solisten verpflichtet, die seine Erwartungen wirklich erfüllten. Der Chor war auch konzentriert und präsent gewesen. Immer ein spannungsgeladener Moment blieb der erste Blick ins Publikum. Wie viele Menschen waren gekommen? War die Kirche voll? Ja, sie war voll, auch auf den Seitenemporen saßen in zwei Reihen Zuhörer.

Herr Mattheis hob den Taktstock. Die tiefen Streicher hielten ihre Bögen bereit und schauten ihn aufmerksam an, warteten auf den Einsatz.

Er liebte diesen Beginn. Die langsame, wehmütige Prozessionsmusik führte im ruhigen Schreiten in den ersten a-cappella-Einsatz des Chores, klar und still, ätherisch fast, Seligkeit verkündend. Herr Mattheis hatte es immer genial gefunden, dass Brahms sein großes Chorwerk quasi a cappella beginnen ließ.

Der erste Satz war zu Ende.

Nun machten sich auch die Geigen bereit. Kühl musste er auch in diesem Satz bleiben. Um der Leidenschaft willen. Der Text dieses Satzes ging ihm nah, so nah. Das Bewusstsein seiner Vergänglichkeit war seit Monaten, Jahren gar, stärker geworden, er befand sich auf der absteigenden Hälfte des Lebens. Aber er hatte keine Angst, nein, er wartete geduldig auf die Entscheidungen des Herrn. So hatte er es immer getan und es war ihm ein Segen gewesen.

Er war kein aufbegehrender Mensch, sondern bescheiden und eigentlich unauffällig. Das war nur scheinbar ein Widerspruch zu seinem Beruf, den er auch jetzt gerade sichtbar und gekonnt ausübte. Keinen Einsatz versäumte er und wenn sie noch so dicht hintereinander kamen und an die verschiedensten Stimmen in Chor und Orchester zu geben waren. Auf ihn war Verlass. Er war präzise. Er hatte alles im Griff.

Der Bariton trat auf, er sang sehr schön, nicht ganz so schön wie die Sopranistin im fünften Satz. Sie verzauberte alle mit ihrem Trostgesang. Er konnte hören, wie die gesamte Kirche den Atem anhielt.

Und endlich kam der Satz der Sätze. Der Satz, der auf die Ewigkeit verwies. Dass er nur das Tempo im Übergang zu dem Jubelgesang über die Niederlage des Todes nicht zu schnell wählte. Aber es war ja alles einstudiert. Schon erklang die Fuge. Er war wie im Rausch.

Der letzte Satz strahlte eine große Ruhe aus. Der Chor sang wirklich gut. Nahm alles recht flexibel ab, was er an außergewöhnlichen, spontanen Impulsen aussandte.

Die Harfe hob alle in den Himmel, der Akkord der Bläser bekräftigte die Seligsprechung. Die Musik verklang. Das Konzert war aus.

Einige Momente der Stille erfüllten den Raum. Er hatte seine Hände noch erhoben. Im Sinken seiner Hände erschollen bereits die Bravo-Rufe. Er verneigte sich vor den Musikern, wandte sich dann um und beugte sein Haupt vor dem Publikum. Lange wurde geklatscht, oft durfte er die Solisten nach vorn bitten, einzelne Musiker aufstehen lassen.

Der Beifall rauschte durch sein Blut, das Publikum hatte ihm deutlich gezeigt, wie sehr es ihm huldigte und er war glücklich. Die Sopranistin am Arm, die er so vor einem Sturz bewahrte, als sie über ein Kabel stolperte, kam er in die Sakristei, die voller sprudelnder Choristen war. Alle lachten heiter, glücklich, durchpulst von Brahms. Seltsam, dass eine

Trauermusik einen so lebendig machen konnte. Vollkommen gelöst war er, das schöne silberne Haar schweißnass, das Gesicht vom Taschentuch getrocknet, im Hochgefühl der gelungenen, ja: außergewöhnlichen Darbietung. Er hatte seine Sache gut gemacht, sehr gut. Da tauchten ihre leuchtenden Augen vor ihm auf, sie kam auf ihn zu und einem spontanen Impuls folgend nahm er ihr Gesicht in beide Hände und küsste sie auf die Stirn. Sie war so bezaubernd und jung und wusste nicht, wie anziehend sie war. Er schaute sie einen Moment an, blau in blau, und ließ sich forttreiben auf dem Strom der Gratulanten, der ihn trug und umwogte.

Von der Nachfeier des Konzerts war Aurelia selig nach Haus gegangen. Oh, was für ein wunderbarer Abend. Diese Musik!, endlich hatte sie dieses Requiem singen dürfen, und sie hatte es mit ihrer Seele gesungen. Die Kirche war gut besucht, sie kannte viele, es war einfach nur wunderbar. Raphael war auch gekommen, sie hatte aber nur kurz mit ihm gesprochen nach dem Konzert, denn sie wollte mit dem Chor feiern gehen. Auf der Nachfeier saß sie neben Rike und ein paar anderen Jüngeren, auch Katrin war nicht weit weg. Ausgelassene Stimmung fegte durch den Raum und ließ alle glücklich lächeln. Spät kam auch Herr Mattheis dazu, er hielt eine kurze Ansprache, in der er dem Chor dankte und ihn lobte. Das hatte Aurelia bisher noch nicht gewusst, dass er auch dem Chor gegenüber so freundlich sprechen konnte. Einen kurzen Moment, in dem ihre Blicke sich trafen, durchzuckte es sie wieder wie zuvor in der Kirche, als sie ihn so nah gespürt hatte, so unvermittelt und unerwartet nah, ihr Gesicht glühte, wenn sie an diesen Kuss dachte. Seine Hände an ihren Wangen, seine Lippen auf ihrer Haut. Keiner hatte sie in der Sakristei darauf angesprochen, zum Glück nicht, auch jetzt kam kein Kommentar von Rike, die sie und die Herrn Mattheis doch anscheinend beobachtete. Darüber war Aurelia erstaunt, aber sie wagte es nicht, das Gespräch darauf zu bringen, denn etwas pochte in ihr und sie wusste nicht so recht, was das zu bedeuten hatte.

Rike und auch alle anderen verhielten sich normal und unbefangen, hatte keiner diese Szene bemerkt? Jedenfalls genoss Aurelia den Abend und war froh, dass sie mit dem Rücken zu Herrn Mattheis saß. Es war Mitternacht, als sich die Gruppe auflöste. Singend fuhr sie auf ihrem Rad nach Hause.

Am Montag schwänzte sie einfach die Schule, obwohl dieses Jahr schon fürs Abi zählte und die Klausurenphase bald begann. Aber das war ihr egal. Sie hatte in der Nacht so intensiv geträumt, dass sie sich Zeit nehmen musste. Sie zog ihre Schuhe an und machte sich auf ihre Runde über den Jakobsberg.

Von Albert hatte sie geträumt. Natürlich, wollte sie in Gedanken beinahe hinzufügen. Es war ein ungebührlicher Traum gewesen, sie hatte Mühe, sich den Inhalt einzugestehen. Die Situation war die von gestern, aber sie hatte sich anders verhalten. Sie hatte im Traum im Moment seines Kusses den Kopf gehoben und ihm den Mund dargeboten und … Aurelia stöhnte.

Wie konnte sie so träumen? Wie nur?

Sie wusste schon, wie. Seit Wochen betrog sie sich. Sie liebte. Und wollte vor sich verbergen, dass sie liebte. Die Dornen übersehen, die ihre Seele zerrissen. Die Fallstricke der Gedanken ignorieren, die sie tiefer und tiefer mit diesem einen Menschen verbanden. Sich der Täuschung hingeben. Nichts war harmlos und nichts hatte sie »im Griff«. Gab es ein Zurück? Konnte es überhaupt Liebe ohne Leidenschaft geben? Sie meinte nicht die körperliche Leidenschaft, das ja nun wirklich nicht, aber die leidenschaftliche Sehnsucht, seine Stimme zu hören, seine Worte zu vernehmen, seinen Blick zu spüren. Aurelia war bereit, alle Gegenwehr aufzugeben: Sollte die Liebe ihr doch den Weg weisen. Und wenn sie sie zu Albert führte, würde sie hingehen, egal, was rational dagegen sprach. »Wirklich, Aurelia?«, nahm sie sich ins Kreuzverhör. »Wirst du das tun? Hast du dir schon einmal überlegt, dass es für Albert anders sein könnte, dass es keinen Weg zu ihm gibt, weil er dich nicht will? Nicht so, wie du es dir erträumst? Bedenke, welche Erfahrung, welche Position im Leben er hat, wie angesehen und geschätzt er von allen ist. Und dieser Mann sollte sich ausgerechnet für dich interessieren? Für wie wahrscheinlich hältst du das?«

Das alles brach aus ihr heraus. Sie führte ihr Selbstgespräch noch eine Weile fort. Sie schimpfte regelrecht mit sich. Und merkte nicht, dass sie Albert in die Arme lief, der nicht weit weg wohnte, wie sie wusste.

»Aurelia! Was für eine Überraschung.« Albert lächelte sie vorsichtig und zart an.

»Oh, Herr Mattheis«, antwortete sie kühl. Das Lächeln verschwand, der Körper straffte sich, ein Vorhang zog sich vor seine Augen.

»Hast du unser Konzert gestern nicht schön gefunden? Du scheinst so aufgebracht.«

»Doch, das Konzert fand ich wunderschön, aber es stimmt, ich bin aufgebracht. Allerdings geht Sie das nichts an.« Ihr Ton war geradezu schneidend, das hörte sie selbst. Sie konnte nicht anders, obwohl sie sich dafür hasste.

»Oh, entschuldige bitte, dann lass ich dich also deines Weges ziehen. Einen gesegneten Tag wünsche ich dir.« Er wandte sich ab, ohne eine Antwort von ihr zu erwarten.

Autsch, das hatte weh getan. Tränen strömten ihr über die Wangen, sie lief schnell weiter, bevor er ein Schluchzen hätte hören können. Ein paar hundert Meter weiter oben stand eine Bank, auf die setzte sie sich und weinte und weinte über diese Liebe, die sie nicht haben wollte, die sie nicht spüren wollte, weil sie sie nie würde leben können.

Sie stand auf und rannte los. Vielleicht konnte sie diese Gefühle aus ihrem Körper herauslaufen? Sie stürmte durch die Straßen und kam abgekämpft zuhause an. Das Haus hatte sie fast für sich allein, nur ihre Mutter war da, aber die hörte laut Radio und bemerkte Aurelia nicht, die in ihr Zimmer schlich und sich dort Musik anmachte. Heute wollte sie Musik ohne Text hören und entschied sich für die Fünfte Symphonie von Mahler. Die Fanfare der Trompete riss an ihr, aber genau das wollte sie. Sie ließ sich von der Musik aufwühlen, trösten, denn Trost fand sie dort; auch in dem Trauermarsch. Zuerst weinte sie wieder, heulte geradezu, schließlich aber versiegten ihre Tränen und sie lag still auf ihrem Bett, kam zur Ruhe. Nachher rufe ich ihn an und entschuldige mich, sagte sie zu sich. Es klingelte an der Haustür. Ihre Mutter war da, die würde öffnen. Aurelia rührte sich nicht. Allerdings hörte sie kurze Zeit später Schritte. Ihre Mutter hatte wohl doch mitbekommen, dass Aurelia zuhause war. Und hatte ihr ihren Raum gelassen, ach, ihre liebe Mutter. Dann klopfte es an ihrer Tür. Aurelia? Das war Raphaels Stimme. Oh nein, nicht Raphael, den konnte sie jetzt gar nicht gebrauchen. Aber natürlich konnte sie ihn nicht durch die geschlossene Tür abweisen.

»Ja, komm rein!«, rief sie ziemlich laut über das Rondo-Finale hinweg. Sie drehte die Lautstärke herunter.

Er kam herein und sah sie fragend an. »Wie geht es dir?« Er nahm sie in den Arm und sie legte sich an seine Brust.

»Hmm, naja, geht so. Sieht man ja, schätze ich.«

»Was ist denn los?«

»Ach, ich will nicht darüber reden.«

»Du willst nicht darüber reden? Warum denn nicht? Du kannst mir alles sagen.«

»Ach, ich weiß nicht.«

»Hat es was mit dem Konzert zu tun? Ich fand es übrigens klasse. Und ich habe dich immer angesehen. Hast du irgendetwas falsch gemacht, einen Einsatz verpatzt, du weißt, ich höre so etwas nicht, und hast dafür Ärger bekommen?«

»Nein, das ist es nicht.«

»Aber irgendetwas hat es mit dem Konzert zu tun, oder? Gestern warst du nur kurz zu sprechen für mich, da leuchteten deine Augen noch, heute warst du nicht in der Schule, liegst stattdessen zuhause mit verheulten Augen auf deinem Bett und hörst diese Musik. Das muss etwas Wichtiges sein. Und ich ahne auch, was. Nicht genau, aber ich ahne, wegen welches Menschen du Kummer hast. Es ist ein Mann und er heißt Albert Mattheis. Stimmt's?«

Aurelia wusste nicht, ob sie es einfach zugeben oder Rike vorschieben sollte, mit der sie sich wegen des Zeichnens gestritten haben könnte. Wäre das glaubwürdig?

»Ach, irgendwie stimmt es und irgendwie auch nicht. Ich weiß es selbst nicht. Eigentlich geht es eher um Rike, die mich gestern so kühl behandelt hat.«

»Und das verletzt dich so, dass du wichtige Stunden vor den Klausuren verpasst? Meinst du wirklich?«

»Lass mich einfach darüber nachdenken, ja?«

»Ok, dann lass ich dich.« Er küsste sie sanft auf die Wange. »Du musst mich nicht nach unten begleiten, ich kenne ja den Weg. Du kannst die Musik jetzt wieder lauter drehen. Tschüs, Aurelia.« Sein Tonfall war kühl und hart.

Er schloss die Tür und Aurelia schluchzte auf, wühlte sich in ihre Decke. Nun hatte sie auch noch eine Krise mit Raphael. Was für ein verdammter Mist. Warum konnte sie nicht einfach den Menschen lieben, der so passend für sie war? So jung wie sie, so aufmerksam, so humorvoll, so zärtlich, so sportlich. Es gab nichts, was sie an Raphael auszusetzen hätte. Nur nutze ihr das offenbar nichts. Sie hasste ihr Herz plötzlich so tief, dass sie fast ohnmächtig wurde. Sie musste unbedingt diesen Mahler ausstellen. Betäubt lag sie da, sie konnte nicht sagen, ob Minuten oder Stunden. Lag einfach da in ihrem Schwarz.

Irgendwann aber, als ihre Stimme nicht mehr nasal klang, stand sie auf und wählte Herrn Mattheis Nummer. Ihr Herz wollte aus der Brust springen, aber sie zwang es, an Ort und Stelle zu bleiben.

Es klingelte lange, dann: »Mattheis.«

»Hallo, Herr Mattheis, hier ist…«

»…Aurelia.« unterbrach er sie. »Wie schön, dass du anrufst. Deine Stimme habe ich gleich erkannt. Geht es um unsere Begegnung heute?«

»Ja genau, deswegen rufe ich an.«

»Darüber bin ich so froh. Es tut mir leid, dass ich dich bedrängt habe. Ich hätte dich nicht fragen dürfen, das war ja fast ein Überfall.«

»Sie beschämen mich. Denn ich bin es, die sich entschuldigen sollte. Ich war gar nicht nett zu Ihnen. Und das tut mir leid.«

»Das ist lieb, dass du das sagst.«

»Können Sie meine Entschuldigung annehmen und mir verzeihen?«

»Ja, ganz leicht.«

»Das ist schön, Sie ahnen nicht, wie sehr mich das freut.«

»Du weinst? Hat dir das so auf der Seele gelegen? Das muss es nicht, hör mal, du.«

»Ach…« Aurelia kämpfte wieder mit den Tränen und konnte nichts mehr sagen.

»Hast du *doch* vergessen, was ich dir bei unserer letzten Begegnung in der Kirche gesagt habe? Dass es mir alles bedeutet, wenn du mich verstehst.«

»Nein, habe ich nicht. Oder vielmehr kann ich es manchmal nicht glauben.«

»Und wie hast du unsere Begegnung gestern eingeordnet? Wie kannst du Zweifel haben?«

»Ich weiß auch nicht.« Sie hatte kaum Stimme.

»Sehen wir uns am Freitag?«

»Ja, ich komme.«

»Schön. Leb wohl bis dahin, liebe Aurelia, ja? Weine nicht.«

»Bis Freitag also!«

Nein, nein, nein. Sie schlug die Hände vor ihr Gesicht und weinte lautlos, den Mund verzerrt und weit offen. Warum musste er so liebevoll sein? Warum ihr signalisieren, dass sie besonders für ihn war. Warum ihrer Stimme widersprechen, die ihr logisch darlegen konnte, dass er nichts von ihr wissen wollen *kann.*

Aurelia wusste nicht weiter und legte sich wieder aufs Bett. Sie war wohl eingeschlafen, denn sie hatte nicht bemerkt, dass da jemand an ihrer Seite saß. Verwirrt blickte sie auf. Rosa saß da und hielt ihre Hand.

»Aurelia, so schlimm?« Aurelia legte ihren Kopf in Rosas Schoß, Rosa streichelte beruhigend ihren Rücken.

»Ja, furchtbar. Kannst du bitte wie Ritter Cato mir das Herz ausreißen und ein neues geben? Es muss ja nicht aus Stein sein, aber bitte eines, das Raphael liebt und eben nicht diesen Anderen.«

»Aurelia, jetzt komm mal raus aus deinem Bett. Hast du schon was gegessen heute? Du isst jetzt was und dann gehen wir an die frische Luft. Dich hier zu suhlen, hilft dir nicht weiter. Komm!«

Mit Rosas Hilfe hatte sie sich wieder gefangen, keine Musik mehr gehört, weder die Kassetten von Raphael, er hatte ihr schon drei aufgenommen, noch irgendwelche andere, hatte sich nach Hausaufgaben erkundigt, diese erledigt und fühlte sich am nächsten Morgen schon wieder viel besser. Nach der zweiten Stunde lief sie zum SoWi-Raum, dort war Raphaels Kurs. Er war nicht mehr im Raum. Sie fragte seine Mitschüler, ob sie wüssten, wo Raphael war. Er sei schon gegangen, keiner wusste, wohin. Die gesamte Pause suchte sie nach ihm. Er hatte sich unsichtbar gemacht. Erst in der zweiten Pause sah sie ihn. Mit einem Freund lief er in der Pausenhalle an ihr vorbei, lächelte sie zwar an, ging aber an ihr vorüber. Sie stand da und schaute ihm ungläubig hinterher. Gelähmt und verwirrt blieb sie stehen, bis Rosa kam und sie zum Matheraum schleppte. Aurelia kam sich wie ferngesteuert vor.

»Vielleicht sollte man sich doch gut überlegen, von wem man Brötchentüten annimmt?« Krämers Stimme.

Das war die Höhe. Was nahm der sich raus?

»Was wissen Sie denn schon?«, explodierte Aurelia, sie fauchte richtig. »Sie haben doch keine Ahnung. Lassen Sie mich mit Ihren blöden Kommentaren in Ruhe und machen einfach nur Ihre Arbeit: uns was beibringen, aber so, dass wir es auch verstehen!«

Ein scharfer, aber auch erschrockener Blick traf Aurelia, der ganze Kurs starrte angespannt auf die beiden. Herr Krämer sagte nichts, begann den Unterricht.

Nach der Stunde stand er in der Türöffnung und als Aurelia an ihm vorbeigehen musste, hielt er ihr die Hand hin und bat um Entschuldigung. Sie reichte ihm ihre Hand und sah ihn flüchtig an. Aber das war ihr in dem Moment egal, sie wollte Raphael treffen. Sie rannte durch die Schule, blieb aber erfolglos. Wütend und verzweifelt verließ sie das Gebäude – und rannte los, denn dort hinten am Fahrradständer stand Raphael! Er wartete auf sie! Im Nu war sie bei ihm und flog in seine Arme, die er nur zögerlich geöffnet hatte.

»Raphael! Oh wie gut, dich zu sehen!«

»Gestern warst du darüber noch anderer Meinung.«

»Erinnere mich nicht an gestern, bitte.«

»Aber ich kann es nicht vergessen. Komm, schließ dein Rad auf, wir fahren in den Park, hast du Zeit?«

»Ja, hab ich.« Im Park nahm sie seine Hand, sie gingen eine Weile schweigend. Aurelia traute sich nicht, ihn anzusprechen. Er war so verändert, so kühl.

»Du hast dich vielleicht gefragt, warum ich heute in der Pause an dir vorbeigegangen bin?«

»In der Tat.«

»Ich konnte dich nicht einfach so treffen, ich wollte in Ruhe mit dir sprechen. Mein Besuch bei dir gestern hat mich sehr verletzt.«

»Das verstehe ich, das tut mir leid, ich war so neben mir.«

»Nein, ich glaube, du verstehst nicht. Aber ich verstehe. Den restlichen Tag gestern habe ich über dich und über uns nachgedacht, über das, was da gestern los war. Ich glaube auch, dass du nicht neben dir, sondern tief in dir warst, in dir bei deinem Chorleiter.«

Erschrocken blickte sie ihn an. »Wie meinst du das?«

»Naja, ist das nicht klar? Du denkst ständig an ihn, deine Gedanken an ihn machen deine Lippen hart, wenn du mich küsst, im Konzert deiner Mutter hieltest du nur nach ihm Ausschau, nach deinem Konzert vorgestern warst du selig, gestern dann total verzweifelt, ich denke, es kann nicht anders sein, als dass alles mit ihm zusammenhängt. Und deswegen, Aurelia, will ich mich von dir trennen.«

»Nein! Nein, bitte nicht. Ich bin so gern mit dir zusammen. Wir haben es doch so schön zusammen! Ich liebe dich doch!«

»Das kann sein, aber ich spüre, dass du jemand anderen mehr liebst. Das weißt du eigentlich auch.«

Sie schluchzte auf und lehnte sich an ihn. »Ja, du hast recht, ich liebe ihn, aber nur theoretisch und ich will das auch gar nicht, ich will mit dir zusammen sein! Ich will diese andere Liebe loswerden, ich hasse sie, zeig du mir, wie ich das schaffe, mit dir schaffe ich das, mit dir, Raphael.«

In diesem Moment machte er sich mit einem Ruck los. »Da siehst du es. Du liebst einen uralten Mann. Theoretisch? Was soll das denn sein? Das gibt es nicht. Ich hab ihn mir genau angesehen, Aurelia, das kannst du mir glauben. Sonntag, bei eurem Konzert. Grauhaarig, faltig, erschöpft nach eineinhalb Stunden. Man kann sein Alter förmlich riechen. Wie kannst du ihn nur lieben? Du bist ein Freak!«

»Wie kannst du so etwas sagen? Das ist gemein!«

»Gemein? Aber es ist doch wahr! Mensch Aurelia! Mach die Augen auf, der Mann steht mit einem Bein im Grab! Der kann dein Urgroßvater sein. Aber du liebst ihn! Ihn! Nicht mich! Das ist doch nicht zu verstehen!«

»Schrei doch nicht so!«

»Ist dir das peinlich? Wäre es mir an deiner Stelle auch!«

»Aber ich will doch dich! Ich will ja nicht, dass mir Herr Mattheis so viel bedeutet. Hilf mir, darüber hinwegzukommen! Bitte!«

»Meinst du ernsthaft, dass ich mich dafür hergebe? Immer darauf warte, ob die Prinzessin jetzt dann endlich so weit ist, den alten Sack zu vergessen? Mal ehrlich? Welches Mädchen, das alle Sinne beieinander hat, würde zögern, sich in dieser Situation für mich zu entscheiden?«

»Du meinst also, ich sei meschugge und nicht normal?« Aurelias Augen blitzten jetzt.

»Genau.«

»Das ist so lächerlich. Das sagst du nur, um zu vergessen, dass du mich in Wahrheit außergewöhnlich findest. Mich mehr als alle anderen Mädchen magst. Meinst du, ich habe deine Worte vergessen? Oder bist du ein Lügner und Heuchler? Du liebst mich, das weiß ich.«

»Und wenn's so wäre. Ich gehe jetzt lieber zu Marlene, die schon lange auf mich steht, als länger bei dir der Zweite zu sein. Mach's gut, Aurelia, viel Glück mit deinem Opa.«

Dann drehte Raphael sich um, ging zu seinem Rad und verschwand.

Allein stand sie da. Einsam. Raphael hatte sie verlassen. Er war fort. Zu Marlene gegangen. Was für ein unsäglicher Blödmann. So schnell tauschte er sie aus? Aber es stimmte, was er sagte. Sie war nicht normal. Deswegen war er nun weg. Und das tat so verdammt weh. Ihr Leben war leer. Es fühlte sich alles taub an in ihr. Und dieses andere Gefühl war ihr wie ein Mühlstein um den Hals. Konnte sie es Raphael denn verübeln, dass er sich getrennt hatte? Nein, er hatte alles richtig gespürt. Nun hatte wohl doch die Bitterkeit über die Liebe gesiegt. Sie dachte an den Zweig. Raphael hatte sie damals damit aufgezogen, dass sie nicht an *amare* gedacht hatte. »Was für eine Scheiße!« Aurelia schrie in den Park hinein, in dem sie immer noch wie angewurzelt stand. Dann sank sie in sich zusammen. »Was soll das? Wer ist bitteschön verantwortlich für diese bescheuerte Situation? Ich fühle mich wie eine Gefangene. Sie ist sinnlos, diese Liebe, sinn-los. Warum kann ich denn nicht so fühlen, wie es gut für mich ist? Ich verstehe nicht, warum das Leben so was erlaubt! Ach, Mann!«

Sie fuhr niedergeschlagen zu Rosa. Rosa sah ihre Freundin erschrocken an.

»Kann ich bitte einfach nur hier bei dir auf dem Bett liegen und heulen? Raphael hat sich getrennt. Wegen Herrn Mattheis. Frag nicht weiter nach, ok? Ich kann nicht mehr. Bin so kraftlos. Erschöpft.«

»Komm her, ruh dich erst einmal aus.« Rosa nahm sie in die Arme und ließ Aurelia dann auf ihrem Bett liegen und weinen, bis Aurelia aufstand und sich stumm verabschiedete.

Es war ein kalter Winter. Über Tage hin herrschte strenger Frost. In der Stadt wurde auch der zentrale Teich zum Eislaufen freigegeben. Rike rief Aurelia an.

»Du, Aurelia, alle Welt geht zum Eislaufen, warst du auch schon?«

»Ja, mit meinen Schwestern, gestern. Das war schön, aber natürlich ganz schön voll.«

»Super, du hast also Schlittschuhe und magst Eislaufen?«

»Ja, warum fragst du?«

»Weil ich dich mitnehmen will zu einem ganz besonderen Ort. Mehr sage ich nicht. Ich würde dich um neunzehn Uhr abholen. Wie sieht's aus, bist du dabei?«

»Um neunzehn Uhr? Da ist es doch längst dunkel.«

»Vertrau mir, du wirst es nicht bereuen.«

»Alles klar! Bis dann! Ich freu mich. Und bin sehr gespannt!«

»Bis dann. Ach, und Aurelia, zieh dich warm an, ja?«

»Na klar! Ist schließlich Winter, meinst du, ich lauf bei minus 16 Grad im Hemdchen draußen rum?«

»Ich wollte es nur gesagt haben. Bis nachher!«

Aurelia war aufgeregt. Das klang geheimnisvoll. Sie zog sich auf Rikes Hinweis hin zwei Strumpfhosen an, darüber ein Paar dicke Strümpfe, eine Schneehose und drei Pullis unter die Jacke. Schal, Mütze, Handschuhe gehörten sowieso zur Ausrüstung. Um sieben bog Rike auf den Hof.

»Und du sagst mir nicht, wohin du fährst?«

»Nein, aber du musst nicht lange warten, etwa 15 Minuten Fahrt, mehr nicht.« Sie fuhren raus aus der Stadt durch ein Waldgebiet und dann bogen sie auf einen Bauernhof ein.

»Äh, du Rike, das ist Privatgelände.«

»Weiß ich doch! Gehört meinem Onkel. Der hat es uns erlaubt.« Sie parkte das Auto auf dem Hof und sie stiegen aus. »Er hat auch das Eis für uns getestet. Komm, diesen Pfad entlang, der führt zum Baggersee. Der gehört uns jetzt allein.«

»Wow! Rike!« Aurelia blieb stehen, als sie um die Kurve bog und den See sehen konnte. Es war eine umwerfende Szene. Der kleine See war zum Teil mit Schnee bedeckt, der schwarze Teil war der, den der Onkel freigeräumt hatte. Über dem See stand hell der Mond. Fackeln brannten an den Seiten. Und in der Nähe einer Fackel entdeckte Aurelia einen kleinen Picknicktisch, auf dem eine Thermoskanne, zwei Becher und eine große Blechdose standen.

»Ich bin überwältigt!« Aurelia hielt inne. Zum ersten Mal seit der Trennung von Raphael spürte sie wieder etwas Positives, fühlte sie sich lebendig.

Das Mondlicht wurde vom Schnee reflektiert und so verdoppelt erhellte es die Szene, dass Aurelia sich wie in einer Zwischenwelt fühlte. Schnell zogen sie die Schlittschuhe an und betraten das Eis. Aurelia lief gleich weit hinaus auf den See, glücklich über die Weite, den hohen Himmel, den glitzernden Schnee. »Rike! Es ist wunderschön! Oh, danke!«

Sie sauste erleichtert auf die Freundin zu, die genau wie Aurelia recht sicher auf den Kufen stand. Rike fing Aurelias Schwung zu einer Drehung auf.

»Juuuuuuhuuuuu«, jubelte Aurelia, und Rike fiel mit ein. Übermütig schossen beide hin und her, mal hielten sie sich an den Händen, mal lief jede für sich allein. Das Eis knallte und sang gelegentlich unter ihren Bewegungen. Als das zuerst passiert war, hatte es ihnen einen Schrecken eingejagt und sie hatten sich daran erinnert, wie man am besten jemanden aus einem Eisloch wieder herausholte. Aber als sie merkten, dass das normal zu sein schien, erfreute es sie regelrecht. Sie versuchten, absichtlich das Sirren hervorzubringen, indem sie sprangen. Manchmal gelang es. Irgendwann wurde Aurelia ganz ruhig und fing an zu singen: *Der Mond ist aufgegangen.* Rike fiel mit ein, sang die zweite Stimme. Sie sangen aneinander gelehnt alle Strophen, danach andere Abendlieder. Irgendwann wurden sie still und betrachteten andächtig Mond und See.

»Und was steht da auf dem Tisch, Rike?«, fragte Aurelia nach einer langen Zeit.

»Das macht dich warm und satt, wenn du kalt und hungrig bist.«

»Kalt ist mir nicht, aber ich würde trotzdem jetzt gern zum Tisch gehen. Es ist sooo süß von dir, was du hier vorbereitet hast.«

»Ich wollte dir dafür danken, dass du mein Modell bist. Ich find, das hier ist besser als Geld oder zum Essen einladen oder so. Wobei: zum Essen lade ich dich ja ein, komm.«

In der Blechdose waren Brote und Kuchen, in der Kanne heißer Tee.

»Du bist wundervoll.« Aurelia nahm sie in die Arme und küsste sie auf die Wange. »Danke, danke, danke für dieses Erlebnis!« Tief in sich spürte Aurelia das Leben wieder an ihr Herz klopfen.

Da mein Herz nicht von dir ließ, sitz ich tief im Turmverlies. Ach, mein schweres Leid zu wenden, weiß mir niemand Rat zu spenden, weiß mir niemand Trost zu leih'n.

Katrin und Aurelia saßen im Café. Seit ewigen Zeiten hatten sie nichts mehr zusammen gemacht, auch das Konzert letztens nicht gemeinsam erlebt. So empfand es wenigstens Aurelia. Zwar waren beide bei der Nachfeier gewesen und hatten auch nah beieinander gesessen, aber so wie früher war ihre Freundschaft nicht mehr. Sie hatte sich gefreut, als Katrin sie gefragt hatte, ob sie nicht einmal wieder wie früher Zeit miteinander verbringen wollten.

»Sag mal, Aurelia, was ist eigentlich mit deiner Haut los?«, wollte Katrin wissen.

Aurelia hatte seit ein paar Tagen diesen Hautausschlag. Er war kurze Zeit nach der Aufführung des Requiems aufgetaucht. Sie hatte sich in der Apotheke eine Creme besorgt, die angeblich helfen sollte. Bis jetzt konnte sie allerdings keine Besserung erkennen.

»Keine Ahnung, was das ist. Juckt zum Glück nicht.«

»Warst du beim Arzt?«

»Nein, bislang nicht, Mama meint, ich solle abwarten. Lass uns bitte über was anderes sprechen.«

»Ja gerne, ich wollte dich sowieso fragen, warum du mir Rike weggenommen hast.« Katrin saß da, die Arme verschränkt, den Kopf gesenkt, wütende, blitzende Augen funkelten Aurelia an. Deswegen also wollte Katrin sich mit ihr treffen?

»Ich dir Rike weggenommen? Wie meinst du das denn?«

»Das weißt du ganz genau. Sie spricht nur noch mit dir, auch in der Kneipe und vor den Proben gar nicht mehr mit mir.«

»Na, beim Stammtisch warst du die letzten Male aber nicht. Waren wir überhaupt schon einmal zusammen dort? Ich glaube nicht.«

»Deswegen ja, ich wollte nicht das fünfte Rad am Wagen sein.«

»Oh, das tut mir leid für dich, wirklich, ich habe aber nicht das Gefühl, dass ich irgendetwas aktiv dafür getan habe, dass Rike nicht mehr so viel mit dir spricht.« Von den Fotos und dem Zeichnen erzählte sie Katrin lieber nichts, sie glaubte nicht, dass sie davon wusste. »Du kennst sie doch schon viel länger.«

»Du meinst also, du bist unschuldig daran?« Katrins Tonfall war jetzt spitz.

»Naja, jedenfalls insofern, als dass ich nichts aktiv weggenommen habe. Ich habe nie irgendetwas Schlechtes über dich gesagt, wieso auch. Man kann Menschen einander sowieso nicht wegnehmen, denke ich jedenfalls.«

»Jetzt wirst du grundsätzlich, soso. Meinst du also, dass es an mir liegt?«

»Jedenfalls auch. Sieh mal, du bist schon seit Monaten intensiv mit Schule und Lernen beschäftigt, vielleicht spürt Rike das, ich weiß es nicht.«

»Aha, ich werde also ausgegrenzt, weil ich gut in der Schule sein will?«

»Mensch, Katrin! Was ist denn los? So habe ich das weder gesagt noch gemeint. Hast du denn mit Rike selbst schon gesprochen? Die weiß als Einzige, was du wissen willst.«

»Du bist mir echt eine tolle Freundin!«, schrie Katrin, stand abrupt auf, warf eine Papierserviette nach Aurelia, was kläglich aussah, und verließ stampfend das Café. Verwirrt blieb Aurelia zurück. Auch wenn sie Katrin nicht vermisst hatte in den letzten Wochen, stach sie der Verlust dieser langen Freundschaft schon. Denn dass sie verloren war, war nach diesem kurzen und verunglückten Gespräch offensichtlich. Die Ungerechtigkeit machte sie wütend. Was fiel Katrin ein, ihren Frust an ihr abzulassen? Was konnte sie denn dafür, dass Rike sich nicht mehr für Katrin interessierte? Aurelia zahlte die Getränke und ging nach Hause. Sie war deprimiert. Das Leben kam ihr gerade ziemlich mies vor. Nicht nur Katrin, auch den Handball hatte sie verloren. Seit Raphael sich getrennt hatte, ging Aurelia nicht mehr zum Training. Es ging nicht, der Sport war zu sehr mit Raphael verknüpft und das tat ihr noch zu weh. Das Leben hatte sich gegen sie verschworen, so kam es ihr vor. Das zu denken war zwar dumm, das wusste sie zwar, aber sie konnte sich nicht daraus befreien. Ein bisschen Selbstmitleid konnte sie ganz gut gebrauchen. Was für eine blöde Zeit. Freund weg, falsche Liebe, Vorwürfe der Freundin, keine Lust mehr auf den Sport. Mit jedem Schritt, den sie ziellos durch die Stadt lief, stampfte sie ihre Wut und ihre Verzweiflung in den Boden. Irgendwann merkte sie, dass sie wieder normal ging, leichter, nicht mehr so trampelte. Ihr waren die Klänge in den Sinn gekommen, die sie neulich erst in der Kantorei geprobt hatten. Es war ein modernes Stück eines zeitgenössischen Komponisten. Die Vertonung der Worte Jesaja 49.15 *Kann auch eine Mutter ihres Kindleins vergessen, dass sie sich nicht erbarme über den Sohn ihres Leibes? Und ob sie denselben vergäße, so will ich doch dein nicht vergessen.* war Aurelia nah gegangen. Sie spürte die Wärme zurückkommen. Sie mochte das Stück sehr gern. Herrn Mattheis war es zu verdanken, dass sie die Töne bereits auswendig konnte, was man bei ihm lernte, vergaß man nicht. Sie jedenfalls nicht. Sie sang die Melodie laut vor sich hin und das Singen gab ihr vollends die Ruhe zurück, die sie durch das Gespräch mit Katrin verloren hatte.

Zuhause wusste sie, was sie tun musste. Ihm endlich schreiben.

Lieber Albert!

Heute war ich unruhig, vielleicht wegen bevorstehender Klausuren, vielleicht wegen eines Streits mit meiner Freundin, ich weiß es nicht. Was mir schließlich Geborgenheit schenkte, möchte ich Ihnen erzählen:

Es war, natürlich, die Musik. Nicht irgendeine, nein, das Stück, das Sie derzeit mit uns einstudieren. Ich bin Ihnen so dankbar, dass ich diese Musik durch Sie kennengelernt habe. Sie ist wie eine warme, behutsame Hand auf meinem Gesicht. Mein Geist ist jedes Mal erfüllt, wenn ich mit Ihnen musiziere. Trotz aller Kritik, die ich – bei näherem Hinsehen unangebracht – übte, war meine Seele immer empfänglich für Ihre ernsthafte Art, sich der Musik zu widmen. Sie haben einem jungen Menschen Heimat gegeben und mich gleichzeitig aufgewühlt. Du ahnst, wie tief das geht, denn du kennst mich. Sie erkennen mich mit jedem Blick Ihrer wunderschönen Augen, die tiefe Spuren in meine Seele gelegt haben. Ihr Himmelblau durchlichtet mich und lässt mich strahlen. Sie sind wie ein Stern, der mich leitet, der mich lächelnd beschirmt, der verlässlich dort oben glänzt und der es gut mit mir meint.

Wie gut Sie mir sind, habe ich schon oft erfahren dürfen und ich stehe beschämt und glücklich vor Ihnen. Sie haben mir Verzeihen geschenkt. Möge ich deine Güte für immer im Herzen tragen und nicht wieder irr gehen.

Je t'embrasse cordialement car je t'aime. La tienne.

Einem Impuls folgend hatte Aurelia den Brief in den Umschlag gesteckt und ihn sofort zum Briefkasten gebracht. Ihr Atem flog allerdings, als sie den Brief einsteckte, die Beine wacklig. Albert sollte *lesen* können, was er doch längst wusste. Es konnte nicht anders sein. Sie wollte endlich ihre Liebe bezeugen, wenigstens dem gegenüber, dem sie galt. Daran lag es doch, dass sie einen Ausschlag bekommen hatte, sie wusste es ganz genau. An dieser Liebe lag es. Sie trug sie auf der Haut. Diese Liebe drang ans Tageslicht, weil Aurelia sich weigerte, sie anzusehen. Es war offenbar die Zeit gekommen, ehrlich zu sein, zu sich und zu Albert.

Aurelia war aufgeregt, sie hatte ein paar Tage später bei Mattheis angerufen und gefragt, ob sie wieder eine Stunde im Gartenhaus verbringen könnte. Übermorgen war ihre Geschichtsklausur und sie wollte in Ruhe dort sitzen und lesen, wie sie es schon so oft getan hatte. Es war so entspannt und schön dort, und der Geruch nach altem, moderndem Holz verband sie mittlerweile auch mit Albert und seiner Frau. Sie hatte sich angezogen und sich auf den Weg gemacht. Zwanzig Minuten etwa lief sie zum Haus der Mattheis. Zwanzig Minuten, in denen sie auf sich selbst einredete, dass es ihr nicht darum zu tun sei, Albert zu sehen, nein ganz bestimmt nicht. Es war nun einmal ruhiger bei Mattheis als zuhause, wo es immer zuging wie im Bienenkorb. Vor vier Tagen musste der Brief bei ihm angekommen sein. Bis jetzt hatte er nichts dazu gesagt.

Frau Mattheis öffnete ihr die Tür.

»Hallöchen! Schön, dass du da bist. Du kannst hinübergehen, alles ist schon für dich bereitet. Mein Mann kommt dann später herüber. Und jetzt lass dich nicht stören.«

Aurelia ging den kleinen Weg zum Gartenhaus und war wieder gerührt von der Fürsorge. Sie setzte sich auf »ihren« Platz mit Blick in den Garten und den kleinen Schwimmteich, breitete ihre Bücher und Hefte aus und begann zu arbeiten. Alles, was dort stand, war ihr vollkommen egal.

Sie las schon zum dritten Mal dieselbe Seite, als sie endlich aus den Augenwinkeln eine Bewegung wahrnahm. Albert kam. Mit Äpfeln und einem Teller. Ihren gesamten Körper durchströmte ein Kribbeln, heiße Energie floss unkontrolliert durch alle Bahnen und ballte sich im Herzen, das wild schlug. Albert blickte kurz hoch, empfing für einen Wimpernschlag ihren Blick und senkte dann das Gesicht zur Erde, um den Weg zu finden und nicht zu stolpern.

»Na? Du?« Seine ihr so angenehme Stimme, die sowohl eine helles Tenortimbre haben konnte als auch warme Tiefe, begrüßte sie anstelle seiner Augen. Er sah sie nicht an. Sie erschrak. Was hatte das zu bedeuten? »Wie kommst du denn voran?«

»Gut, ich glaub, ich weiß jetzt alles, was ich für die Klausur wissen muss.«

»Worum geht es denn?«

»Um Bismarcks Innenpolitik.« Sie klappte alle Bücher und Hefte zu, damit er nicht hereinschauen konnte. »Ich freu mich, dass Sie gekommen sind.«

»Meine Frau meinte, ich solle ein paar Vitamine bringen. Möchtest du einen Apfel?«

Noch immer schaute er sie nicht an, schnitt einen Apfel entzwei und reichte ihr ein Viertel. Aurelia dankte, wusste nicht, was sie sagen sollte. Sie fühlte sich beklommen. Sagte nichts. Kauen konnte sie auch nicht, das Geräusch hätte sie nicht ertragen können in dieser Stille. Sie kannte sich nicht aus.

»Du. Dein Brief. Ich habe mich richtig erschrocken. Das muss ich dir sagen.« Und jetzt hob er die Augen und sah sie an. Ein tiefer Ausdruck lag darin, Ratlosigkeit, Wärme, auch Traurigkeit. »So etwas ist mir noch nie passiert. Du hast mir einen wahrhaftigen Liebesbrief geschrieben. Ich finde ihn wunderschön und dich auch, darf ich das sagen? Ich sehe natürlich, wie schön du bist und das rührt mich. Aber du bist tabu. Absolut tabu. So jung.«

Aurelia schaute ihn unverwandt an, zitterte innerlich vor Kälte.

»Ich weiß gar nicht, was ich tun soll.«

»Bitte ziehen Sie sich nicht zurück.«

»Nicht? Wäre es aber nicht besser für uns beide? Vollendung ist uns nicht gegeben.« Er legte langsam seine Hand an ihre Wange. Sie schmiegte sich in seine Handfläche. »Du.« Er legte auch seine zweite Hand an ihr Gesicht, hielt es zärtlich in den Händen und schaute sie an. Aurelia flog in dieses Blau, sie war eingeladen, ganz tief zu sinken, ganz hoch zu steigen, es gab nichts, das sie aufhielt, sie sah alles, verstand alles, sie schwebten ineinander, verwoben. Irgendwann spürte sie ihren Körper wieder, sie wollte es nicht, wollte dort bleiben, spürte, wie die Verbindung sich löste, sie zwei wurden. Er beugte sich vor, legte seine Stirn an ihre, lange saßen sie so, die Augen geschlossen, äußerlich unbewegt, dann stand er auf, küsste ihre Stirn. Und verließ das Haus.

Aurelia blickte auf die Äpfel, die er geschnitten hatte, das Gehäuse fein säuberlich und sparsam herausgetrennt und zur Seite gelegt. Eine warme Woge Glück umfing sie, gleichzeitig rannen ihr die Tränen einfach so aus den Augen, die gerade noch die Tür zu einem geheimen, strahlenden Ort gewesen waren. Keinesfalls sollte Frau Mattheis sie so sehen, also packte sie ihre Sachen in die Tasche, die Äpfel nahm sie in die Hände und ging fort.

Auf dem Weg aß sie langsam, Bissen für Bissen, die Äpfel. Andächtig. Sie stellte sich vor, dass sie etwas, und seien es auch nur die winzigsten Moleküle, von seinem Körper in sich aufnahm. Denn er hatte diese Äpfel berührt, für sie zurechtgeschnitten. Mit einem Mal wurde ihr klar, warum Albert sich so erschrocken hatte über ihren Brief. Von dieser plötzlichen Einsicht auf die Stelle gebannt blieb sie stehen. Die Einsicht schoss ihr ein, sie konnte ihrer nicht wehren. Das Wissen war schon längst in ihr, das verstand sie jetzt, sie hatte nur nicht sehen wollen. Sie liebte Albert. Das hatte sie schon durch den Traum nach dem Konzert verstanden. Aber dass sie ihn doch auch körperlich liebte, das war ihr erst jetzt aufgegangen. Sie liebte ihn vollkommen. Mit Seele *und* Leib. Erotisch. Verlangend. Anders war die Innigkeit, mit der sie die Schnitzen aß, die seine Hand geschnitten hatte, nicht zu erklären. Wie eine Hostie. Nicht zu verstehen die Erregung, die die Vorstellung, etwas von ihnen beiden verbinde sich leibhaftig, in ihr auslöste. Irritiert schaute sie sich um und realisierte, wo sie sich befand. Mitten auf dem Weg war sie stehen geblieben. Sie ging weiter.

Wie fühlte er? Sein Blick, sein Kuss auf die Stirn, zum zweiten Mal die Stirn, sein tastendes Sprechen, das das Eigentliche unausgesprochen ließ, das alles sprach doch von Liebe. Oder etwa nicht? Sie ahnte (befürchtete sie es auch?), dass er diese Liebe nicht leben würde. Er hatte Aurelia für unantastbar erklärt. Er war streng genug mit sich, sich daran zu halten. Sie verstand, dass er sie schützen wollte. Aber sie wollte diesen Schutz nicht, sie konnte ihn nur leider nicht verweigern. Hilflos war sie seiner Tugend ausgeliefert. Sie dachte an die angeblich unaufhaltsame Macht der Liebe, die in so vielen Bildern und Texten beschrieben worden war. Sie war sich sicher, dass seine oder sollte sie sagen: ihre Liebe nicht diese Durchsetzungskraft hatte. Zu viel Offensichtliches sprach dagegen. War es überhaupt Liebe? Hatte sie nicht Anlass zu glauben, dass Albert von ihrer Jugend, ihrer Gestalt angezogen war? Ganz klischeehaft. Sofort wandte etwas in ihr ein: Würde er sich dann so verhalten? Das Gespräch mit ihr suchen? Ihre Ähnlichkeit betonen? Sie an ihre Bedeutung erinnern? Sie trösten? Ihr kamen wieder die Tränen, wenn sie an dieses Telefonat am Tag nach dem Requiem dachte. Wenn alles stimmte und er sich wirklich ebenso oder ähnlich tief zu ihr hingezogen fühlte wie sie zu ihm, blieb die Frage: Was hatte sie ihm zu geben? Konnte sie ihm mit ihren achtzehn Jahren irgendeinen Gedanken geben, der ihm unbekannt war? Wodurch inspirierte sie ihn? Sie brauchte nicht zu fragen. Alle Fragen kamen zur Ruhe durch das eine Wort: tabu.

Bei Lichte betrachtet war das etwas, wofür sie dankbar sein sollte. Er hatte einen Kreis um sich gezogen, den sie nicht betreten durfte, nicht als Liebende. Sie konnte nur Chorsängerin und eine wissbegierige Jugendliche sein. Das war ihre Aufgabe, das zu werden. Keine Frau. Sie musste ihr Leuchten aus dem Blick nehmen. Nur mit klugem Verstand hören. Unempfindlich gegen seine Schwingungen werden. Sie durfte ihn nicht mehr betrachten. Nicht mehr für ihn lächeln. Nicht die vielen Nuancen seiner Stimme auffächern. Nicht die Farben sehen, die seine Worte und seine Stimme erschufen. Sie musste Licht und Klarheit in ihr Verhalten bringen. Ordnung. Danach sehnte sie sich: endlich Ruhe zu finden.

Aber sie glaubte nicht daran.

Ihre Klausuren hatte sie gut bewältigt, die Hauptsache in Aurelias Leben waren sie nicht. Die Frage, wie sie sich Herrn Mattheis gegenüber verhalten sollte, beschäftigte sie ununterbrochen. Sie war sich unschlüssig. Sie hatte ständig an das Erlebnis im Gartenhaus gedacht, nur während der Klausuren nicht. Schule war so unwichtig. Sie musste aufpassen, dass sie sie nicht zu sehr vernachlässigte, schließlich war der Notendurchschnitt nicht egal.

Sie wollte Herrn Mattheis deutlich machen, dass sie die Proben mit ihm auch dann genießen konnte, wenn er ihre Liebe abgewiesen hatte. Dass es auch um die Musik ging, dass sie ihm dankbar war für die neue Welt, die sie durch ihn kennenlernte. Sie schrieb einen kurzen Brief und wusste auch schon, wie sie ihm den Brief zukommen lassen konnte. Sie würde ihn einfach unter seine Noten schieben, wenn sie am Freitag zur Probe kam. Je natürlicher man dreist war, desto weniger fiel es auf. Diese Erfahrung hatte sie schon gemacht. Es sollte natürlich niemand sonst bemerken, was sie da tat. Sie war sicher, sie würde das schaffen.

Wie so oft am Samstag machte sich Henriette nach dem Frühstück fertig, um Besorgungen in der Stadt zu erledigen. »Soll ich dir was Schönes mitbringen, Albert? Äpfel von Baumann? Die magst du doch so gern. Und ich wollte zu Watermann, ich habe da neulich so schöne Gläser von Lauscha gesehen, die würden gut zu unserer Sammlung passen, was meinst du? Bald kommen Meyers zu Besuch, da könnten wir sie einweihen. Soll ich sie kaufen?«

Mit lächelndem Gesicht sah er seine Frau an. »Ich vertraue ganz auf deinen Geschmack, Liebchen! Wenn du sie schön findest, werden sie gut sein.«

Er sehnte sich danach, das Haus für sich zu haben, denn es brannte schon seit gestern Abend ein Brief auf seiner Brust, von ihrer Hand, die er mittlerweile schon sehr gut kannte, adressiert. Wie immer keck hatte sie ihn wohl kurz vor der Probe auf das Pult gelegt, ein wenig versteckt zwar, aber auch nicht so, dass kein fremdes Aug ihn hätte entdecken können. Gestern hatte es keinen unbeobachteten Augenblick für ihn gegeben, aber heute endlich. Gleich, wenn Henriette gegangen sein würde.

»Was wirst du heute Vormittag tun?«

»Doberts hat eine neue Platte herausgebracht, die wollte ich mir anhören.« Er hatte Mühe, sich seine Ungeduld nicht anmerken zu lassen, küsste Henriette auf die Wange, stieg dann die Treppe nach oben und gelangte in sein helles Arbeitszimmer. Als er die Haustür ins Schloss fallen hörte, zog er den Umschlag hervor.

Lieber Herr Mattheis! Endlich Freitag! Das denke ich Woche für Woche, seit unserem Gespräch in Ihrem Gartenhaus noch mehr, trotz allem(!) – dabei geht es mir auch um die Töne und Melodien, die ich dann abends singe. Ihnen in der Musik zu begegnen, bleibt mir möglich, nicht wahr? Dagegen können Sie doch nichts haben? Übrigens gefallen mir die Stücke von Schütz besonders gut (ich lerne so viel Musik kennen! Das ist wunderbar für mich!). Ich freue mich aber immer noch, du wirst es wissen, Albert, über Deine Anwesenheit, darüber, dich anzuschauen. So sehr, wie ich es darf, wie Sie es mir nicht wehren. Sie sind so wichtig für mein Wesen. Freitag also, endlich Freitag. Je t'embrasse, tendre et avec la distance commandée. N'as pas peur, moi, je ne crains rien. Je suis plus forte que tu, peut-être, penses. Alors: cordialement comme toujours A.

Mit Recht hatte er gewartet, dass er allein im Haus war. Wichtig für ihr Wesen. Das wusste er längst. Aber: Je t'embrasse? Schon zum zweiten Mal. Und dann: sie versuchte, ihre Liebe zu dämpfen, als ob das möglich wäre, als ob es wirklich diese Distanz geben könnte, von der sie da sprach. Was wusste sie schon vom Leben? Er wusste wohl, sie wollte ihm signalisieren, dass sie ihn verstanden hätte. Aber dann eben: comme toujours.

Ach! Hätte ich doch einen Vater, einen Grafen von Beaucaire, der mir die süße Nicolette verbietet. Dem möcht ich meine Verzweiflung anlasten. Ihm! Verzweiflung gar? Albert! Ja, Verzweiflung, denn ich bin verliebt. In höchstem Maße! Verliebt. Mein Graf von Beaucaire aber, der mich belügt und hintergeht und mich von dem Anblick der schönsten aller Frauen fernhält, ist mein Anstand. Muss er sein. Denk dran, Albert, was du Henriette schuldig bist. Ein so langes Eheleben voller Stabilität und Freude. Und auch Aurelia bist du es schuldig, sie abzuweisen! Du musst sie vor ihren eigenen Wünschen bewahren. Es geht hier nicht um dich! Wo ist der Wald, in dem ich leben und unsichtbar bleiben kann? Aber Nicolette findet ihren Aucassin ja. Aurelia hat mich auch gefunden, hat sie gesucht? Habe ich gesucht? Nein, das haben wir wohl beide nicht.

Ach, wie tief habe ich sie neulich im Gartenhaus angesehen. Und sie mich. Himmel, wie ich erbebte. Nicht lösen konnten wir unsere Blicke. Aber dann musste ich mir ein Gesicht aufsetzen. Musste ich? Musste ich nicht? Ich bin verwirrt. Wohin, Nicolette, führst du mich? Was willst du denn? Was wünschst du dir? Du kannst mich doch nicht ernsthaft begehren? Diesen alten Körper. Schau mich nicht so an. Tabu! Du bist achtzehn Jahre alt. Achtzehn! Absolutes Tabu! Oh, diese Schultern, wie sie modelliert sind. Gestern trug sie nur eine leichte Bluse und ich habe alles gesehen. Alles. Keine Statue ist schöner.

Albert ging zum Regal, zog einen schmalen Band heraus, setzte sich in seinen Sessel und las.

Cette nuit, j'ai rêvé. J'avais ta chevelure autour de mon cou. J'avais tes cheveux comme un collier blond autour de ma nuque et sur ma poitrine. Je les caressais; et c'étaient les miens; et nous étions liés pour toujours ainsi, par la même chevelure la bouche sur bouche. Glücklicher Aucassin, dein Traum ist eine Erinnerung, meiner aber… Oh! Ihre blonden Haare sollen auch über mich fließen, Liebste, dir will ich mich ergeben. Ach, das ist alles zu viel, viel zu viel! Könnt ich doch ihr Bild abschütteln, ihre Worte vergessen und die Wallung, die mir durch den Körper strömt, Lügen strafen.

Albert erhob sich, schüttelte sich und schrie laut, schaute in den Garten, schaute auf die kleinen Hügel am Ende der Stadt und fühlte, wie seine Augen vor Glück strahlten. Wer hätte denn damit gerechnet, in seinem Alter noch einmal solche Gefühle der Leidenschaft zu erleben? Absolut verrückt und absolut ernst. Sie durfte ihn nicht so anschauen! Ich erblühe unter ihren Blicken, die mir tatsächlich immer folgen, ich erblühe unter ihrem Lächeln, das ihr gesamtes Gesicht verzaubert. Des Himmels Sternenangesicht! Oh du mein Sternauge, ich will dich küssen. Dein Gesicht, deinen Körper über und über bedecken, deinen Duft in mich aufnehmen, ganz mich dir ergeben.

Ich muss mich mäßigen!, rief Albert sich zur Ordnung. Bald schon würde Henriette wiederkommen und sie sollte nichts bemerken können. Wahrscheinlich hatte sie ihn ohnehin bereits erkannt, denn sie kannte ihn gut und sie wusste, dass Aurelia ihm Eindruck machte. Er traute sich nicht, mit ihr darüber zu sprechen. Was sollte er auch sagen? Machte er sich nicht lächerlich? In seinem Alter sich zu verlieben? Und wenn er auch nichts gegen diese Liebe und große Zuneigung machen konnte, ein Gespräch mit Henriette schied aus, denn seine Liebe zu Aurelia hatte keine Zukunft. Er wollte auch gar keine Perspektive für Aurelia und ihn, das war absurd. Er war glücklich mit Henriette. Also gebot es der Anstand zu schweigen. Die große Liebe und tiefe Bewegung, die er spürte, konnte er nur in sich und in der Musik leben. Natürlich empfand er ein Sehnen, diesen Gefühlen nachzugeben, sich Aurelia zu öffnen, die andere, unbekannte Gefühle in ihm hervorrief, er durfte nun einmal nicht. Sprach er nicht immer von Disziplin? Aurelia gegenüber hatte er auch davon gepredigt. Da stand er also und müsste zeigen, dass er diese Disziplin auch hart gegen sich selbst anwenden konnte. Er fühlte sich versagen.

Nie zuvor hatte er die Liebe als himmlisch angesehen. Liebe hatte für ihn bislang mit Gefühl und Entscheidung zu tun, mit Familie, mit Ordnung, natürlich auch mit Zärtlichkeit. Verlässlichkeit unbedingt, Innigkeit auch und Treue. Und jetzt? Er kam nicht dagegen an. Seine Disziplin, sein Glaube, seine Verwurzelung im Gebet und in der Dankbarkeit für das reiche und erfüllte Leben, seine Genügsamkeit – all das half ihm nichts, zerstob geradezu zu nichts, wenn er Aurelia sah, sie sprach, an sie dachte. Wenn das Beste, das er hatte, ihn nicht feite vor dieser Liebe, dann konnte diese Liebe doch nicht falsch sein. Zu diesem Schluss war er gekommen und war dennoch keinen Schritt weiter in der Frage, wie er sich verhalten sollte. Denn verhalten musste er sich, tat er jeden Tag. Er hatte, ohne es zu wollen und ohne es steuern zu können, Aurelia tief in sein Inneres blicken lassen, letztens im Gartenhaus. Mit Worten hatte er sehr wohl *Nein* zu ihr gesagt, aber seine Hände, Lippen und vor allem seine Augen hatten *Ja* gesagt, laut und auch für Aurelia, die Sensible, vernehmlich. Im Tiefsten wusste er, dass dieses *Ja* die gültige Antwort war.

Ich sehe wie in einem Spiegel
in der Geliebten Auge mich;
gelöst vor mir ist jedes Siegel,
das mir verbarg mein eignes Ich.

Diese Verse, warum fielen sie ihm ein? Er kannte sie lange schon, und plötzlich versengten sie ihn. Sie hatten getroffen. Ihm gezeigt, was Aurelia ihm war. Über diese Erkenntnis wurde Albert ganz ruhig. So etwas Großem konnte er keinen Widerstand leisten. Er wusste, dass er kein Philosoph war, aber er sinnierte trotzdem ein wenig über das Gedicht. Er versuchte nun schon so lang, die Siegel aktiv festzuhalten, das wurde ihm klar; wie nichtig. Hilflos hob er die Schultern. Warum eigentlich? Was befürchtete er denn im Geheimen? Er beschloss, dieser Frage nicht weiter nachzugehen, stattdessen sich dem Tagwerk zu widmen. Die Tat befreit! Er warf einen letzten Blick auf den Brief und steckte ihn dann in die Innenseite seines Jacketts. Da lag er gut. Er ging zum Flügel, um sich auf die Proben vorzubereiten. Es war zwar Samstag, aber der nächste Freitag kam bestimmt. Es würde eine der letzten Proben sein. So viele Jahre hatte er diesen Chor geleitet, jetzt war ein Ende abzusehen. Er freute sich darauf, an den Feiertagen nach über 40 Jahren Arbeit endlich einmal keinen Dienst zu haben, Zeit für die Familie, die Enkel zu haben, aber der Chor war ein wichtiger Teil seines Lebens. Sein Instrument. Das gab man nicht so ohne Weiteres aus der Hand. Mit vielen Sängern verband ihn eine persönliche Beziehung, im Laufe so vieler Jahre war man unweigerlich Teil eines diffizilen Geflechts geworden, das wuchs und sich verzweigte; viele Geschichten kannte er, hatte an Schicksalen Anteil genommen, in vielen Häusern verkehrte er, auf echte Freundschaften allerdings hatte er sich kaum eingelassen. Aber er fühlte sich mit allen Sängern verbunden. Nun kam die Zeit der regelmäßigen Begegnungen mit dem Chor an ihr Ende. Darüber wurde ihm manchmal das Herz schwer.

Seine Woche ging geordnet ihre Bahn. Er hatte Arzttermine zu absolvieren, darauf achtete Henriette genau. In den letzten Monaten waren Probleme mit dem Blutdruck aufgetreten. Noch war er nicht gefährlich hoch, nur etwas erhöht, sagte der Doktor, aber er musste auf seine Bewegung achten und sollte nicht übermäßig essen. Als ob er das je getan hätte! Aber er versprach es trotzdem. Jeden Tag machte er also einen kleinen Spaziergang, ansonsten las er viel in seinem Zweig. *Der Zwang* hieß die Novelle. Albert war tief beeindruckt von Ferdinand, der sich dem Stellungsbefehl verweigert und im Blickwechsel mit einem verwundeten Soldaten das vollkommene Gefühl der Freiheit gewinnt. Eine Freiheit, die unantastbar ist von Menschen, eine Freiheit, die göttlich ist. Solch eine Freiheit hatte Albert nie gespürt, obwohl er gläubig war und den Predigten aufmerksam zugehört hatte, anfangs eifriger als später. Von der Gottesunmittelbarkeit spricht der Protestantismus auch und Albert glaubte an Gott, den Schöpfer, sein Glaube war ihm Trost und Zuversicht. Aber dieses Gefühl der absoluten Freiheit hatte er nie empfunden. Vielleicht würde er sie spüren, wenn er seine beruflichen und gesellschaftlichen Pflichten los wäre, aber er ahnte, dass das Bewusstsein der Freiheit davon unabhängig war. Das war der springende Punkt: Ferdinand machte sich nicht von irgendeiner Verpflichtung los, sondern von der stärksten aller, die auf der Erde die Menschen bindet, der militärischen.

Er, Albert, hatte das damals nicht gekonnt. Ungern, mit äußerstem Widerwillen erinnerte er sich jedes Jahr im August daran, wie seine Mutter ihn damals, gerade achtzehnjährig und mit Notabitur ausgestattet, zu der Einheit gebracht hatte, von der aus er in den Krieg geschickt wurde. Beide hatten geweint. Ein unendlich großes Gefühl der Hilflosigkeit und Vergeblichkeit war über sie gekommen und sie hatten einen stummen Abschied genommen. Es hätte ihr letzter sein können. Aber es gab ein Wiedersehen! Und einen Neuanfang. So viele Jahre waren seitdem vergangen. Zunehmend wurde er wehmütig. Seine Zeit lief langsam ab. Er wurde alt, krank auch. Seine Freitage im Chor konnte er an einer Hand abzählen, ach nein, gerade noch an zweien. Nur sechs Wochen. Dann würde seine Probenarbeit mit der Kantorei Geschichte sein. Ob es ihm schwerfallen wird loszulassen? Den Chor seinem Nachfolger zu überlassen? Er war gespannt, wie sich alles entwickeln würde. Ob er Abstand brauchen würde? Ob die Sänger den Kontakt zu ihm halten würden? Oder ob er einfach ersetzt wurde durch den Jüngeren? Was dachte er da für dunkle Gedanken? Er sollte sich lieber dem Werk widmen. Sechs Wochen also noch Proben für dieses schwierige Programm.

Als der Freitag gekommen war, setzte er sich eine Stunde länger ans Klavier, denn an diesem Freitag wollte er den fünften Satz der Kantate üben, dafür musste er selbst unbedingt tadellos spielen. Der Satz war der schwerste. Polyphon und rhythmisch schwierig. Auch tonlich sehr anspruchsvoll, der Chor musste die chromatischen Linien unbedingt blitzsauber singen. Und erst der Text! Manchmal floh er regelrecht in die Töne, um sich den Worten nicht zu stellen, er war sich dessen bewusst, dass er es auch heute wieder tat. *Ich stehe bloß, nichts kann mich decken. Furcht mich ergreift.* Er schlug wahllos dissonante Akkorde an. Es war ein Frevel, dass er diese Worte so diesseitig, so weltlich las. Er wusste es doch besser. Die Worte des Psalms sprachen von Todesfurcht und der Anwesenheit Gottes, der totalen Erkenntnis durch Gott und letztlich der Heimat in Gott. Und er? Fühlte nur mit seinem wilden Herzen, das sich ganz einem anderen Menschen in stürmischer Liebe zugewandt hatte. Wie hatte ihm das nur passieren können? Jetzt hatte er seine liebe Not, sich zu verbergen. Vor allen. Vor allen? Vor allen! Der väterliche Freund sein. Neutral gucken. Höflich sprechen. Auch bei der Lektüre hatte er sich schon ertappt, sie auf sich zu beziehen. Ferdinand erlebte Gewalt, floh vor Gewalt. Albert kam Lessing in den Sinn: *Gewalt! Gewalt! Wer kann Gewalt nicht trotzen? Was Gewalt heißt, ist nichts: Verführung ist die wahre Gewalt.* O Albert.

Wo fand er die Taubenflügel, die ihn zur Ruhestätte brachten? Nur in sich. Er brauchte Hilfe. Er spielte Bach und begleitete sich selbst: *Befiehl du deine Wege und was dein Herze kränkt / der allertreusten Pflege des, der den Himmel lenkt. / Der Wolken, Luft und Winden gibt Wege, Lauf und Bahn, / der wird auch Wege finden, da dein Fuß gehen kann.* Melodie und Text wirkten, ein Balsam legte sich auf seine Seele, sein Vertrauen in sich, seine Kraft, seine Aufgabe war wieder da. Die gesamte Fahrt zum Probenraum sang er diesen Choral. Diese Töne stabilisierten ihn, er wusste, dass er Aurelias Blick begegnen würde, dann würde er einfach weiter innerlich singen.

»Schade, dass heute unser letztes Treffen ist!« Rike begrüßte Aurelia mit einem Lächeln und einer Umarmung. Spätestens seit dem wunderschönen Schlittschuhlaufen auf dem See verstanden sie und Rike sich bestens. Aurelia fühlte sich rundum wohl, sie kuschelte auch gern nach den Zeichenstunden, die sie auch nach Ende des Projekts beibehalten hatten, mit Rike auf dem Sofa, es war nichts dabei. Kein Herzklopfen, kein Zweifel, kein Vorbehalt.

»Ich werde unsere Zeichenstunden vermissen. Ich hab so viel gelernt. Ob ich das in Düsseldorf auch so finden werde? Und es hat mir besondere Freude bereitet, weil du es warst, die Modell gestanden hat. Darf ich dir das so sagen?«

»Du darfst. Für mich war es auch wichtig. Was haben wir heute vor?«

»Ich hab heute keine Lust zu zeichnen, lass uns einfach nur quatschen. Ist schon schwer genug, dass ich wegziehe, auch wenn ich mich wirklich freue, das Stipendium bekommen zu haben.«

»Dein Projekt, deine Bewerbung waren aber auch überzeugend! Ich werde dich vermissen, auch im Chor. Es wird nicht mehr dasselbe sein, wenn du nicht mehr mitsingst.«

»Vergiss nicht, dass es bald ohnehin nicht mehr dasselbe sein wird, wenn Herr Mattheis aufhört, es ist nicht mehr lang bis dahin, wie du weißt. Und es ist echt blöd, dass ich ausgerechnet sein Abschiedskonzert verpasse.«

Aurelia fühlte einen Stich in der Magengrube, versuchte aber, diesen zu ignorieren. Rike hatte Tee gemacht und setzte sich zu Aurelia aufs Sofa.

»Ich habe dir etwas mitgebracht, damit du an mich denkst, wenn du im kühlen Düsseldorf sitzt.«

»Aha, zeig her, was ist es? Ich bin gespannt.«

Aurelia holte eine kleine Schachtel hervor, darin lag ein Bernstein an einer einfachen roten Schnur.

»Man kann ihn um den Hals oder das Handgelenk tragen, wie du magst.«

»Oh, ein Schutzstein, Aurelia, danke, das ist mir sehr viel wert.« Rike schaute sie groß und tief an und lächelte unerklärlich.

»Was ist ein Schutzstein?«

»Weißt du denn nicht, dass Steine Energien haben und Bernsteine vor bösen Gedanken schützen? Also, das war jedenfalls der Grund für mein Geschenk an dich, ich habe nämlich auch eines.« Sie hielt einen kleinen, feinen Beutel hoch, darin, Aurelia sah es gleich, lag ein Bernstein an einem farbigen Band, dieses war gelb.

Sie fielen sich in die Arme und Aurelia traten die Tränen in die Augen.

»Mein Stein«, sagte Rike, »möge dich bewahren vor bösen Kräften, die dein Herz angreifen wollen, er möge die guten Kräfte mehren, auf dass du in Liebe, mit Klarheit und Weitsicht deinen Lebensweg gehen kannst.«

Aurelia fing an zu schluchzen, es brach nur so aus ihr heraus. Rike hielt sie sanft in den Armen, wiegte sie hin und her.

»Ich kenne längst den Grund, aus dem du jetzt weinst. Du brauchst nichts zu sagen, nichts zu leugnen …«

»Das will ich auch gar nicht. Aber es sind ganz bestimmt keine bösen Kräfte, von denen du sprichst.«

»Nein, wahrscheinlich nicht. Das ist Liebe nie. Aber die Wirkung ist böse. Er ist verheiratet, Aurelia. Ein Mann des öffentlichen Lebens unserer kleinen Stadt. Dem nähert man sich nicht auf diese Weise. Ich habe das Unglück früh kommen sehen. Ich hoffe für euch beide, dass sich deine Gefühle wieder legen.«

»Nur meine?«

»Naja, ich habe wohl gesehen, dass er dich besonders mag, aber er wird doch wohl nicht ansatzweise ähnlich fühlen. Also verdreh ihm nicht den Kopf, Aurelia.«

Den Kopf verdrehen? Zum ersten Mal fühlte sie sich Rike fremd. Rike verstand überhaupt nicht, worum es ging. Den Kopf verdrehen war einfach nicht der richtige Ausdruck für diese tiefe Bindung, aus der Albert und sie sich beide nicht befreien konnten. Beide. Das war ja das Vertrackte, der Grund, warum es Aurelia nicht gelang, sich abzuwenden. Sie konnte sich nun einmal nicht unempfindlich machen und wer behauptete, man könne sich von innen und außen mit Isolierwolle auskleiden, der hatte keinen Verstand oder hatte nie geliebt. Sie hatte es versucht. In den Proben auf den Boden geschaut, beim Singen nur seine Hände angesehen, kaum seine Augen, hatte mit starrem Gesicht gesessen, hatte versucht, ihre Ohren mit gedanklichem Wachs auszustopfen, damit sie nur die Information, nicht den Klang hörte. Aber nichts hatte geholfen: sie *fühlte* sein Interesse, *sah* sein Gefühl für sie in seinen Augen in einer Tausendstel Millisekunde, die sie ihn dann doch angesehen hatte, *hörte* es in seinen Worten. Aber davon erzählte sie Rike besser nichts.

»Ich halte mich schon länger fern, außerdem bin auch ich bald weg. Ich freue mich darauf. Vielen Dank für deinen Segen, vielleicht wirkt er ja.«

»Bestimmt. Alles wirkt. Weißt du das nicht? Du kannst mit deinen Gedanken deine Erlebnisse steuern und auch die der Menschen um dich herum. Wohin die Gedanken fließen, dahin fließt auch deine Kraft. Gedanken bereiten die Wirklichkeit vor.«

»Naja, wenn das stimmte, dann würde ich Herrn Mattheis nicht mehr lieben.«

»Hm, da weiß ich jetzt auch keine Antwort. Aber jedenfalls kannst du sicher sein, dass ich immer liebevoll an dich denke. Wenn du das brauchst, dann schaust du einfach die Kette an, ok?«

»Du bist so lieb, ich danke dir! Und wir sehen uns auch bestimmt wieder, es gibt Post und Telefon.«

»So ist es. Also! Lebe wohl!« Aurelia ging traurig, aber auch getröstet von Rike. Sie würde die Gespräche mit ihr vermissen und auch die neuen Gedanken, auf die Rike sie oft gebracht hatte. Auch heute hatte sie eine neue Idee gehört, die kam ihr allerdings seltsam vor: Glaubte Rike im

Ernst, dass man seine Erlebnisse und noch dazu die anderer durch seine Gedanken steuern konnte? Wie sollte das denn gehen? Andererseits erschien es Aurelia plausibel, dass es einen Zusammenhang zwischen Gedanken und Kraft gab, denn wenn man sich nur mit einem einzigen Gedanken beschäftigte, dann gab es keinen Raum mehr für anderes. Vielleicht steckte auch mehr dahinter, sie erinnerte sich daran, dass sie in der Kirche oft die Wendung »In Gedanken, Worten und Taten« gehört hatte. Sie wollte weiter darüber nachdenken.

Heute war sein Tag. Der Abschiedstag würde es sein. Sein Berufsleben bekam einen Schlusspunkt. Ein ungewöhnliches Programm hatte er zusammengestellt, das bei vielen Besuchern wohl Unverständnis erzeugte, das aber für ihn eine existenzielle Aussagekraft hatte. Fühlte er Wehmut? Traurigkeit? Angst vor der Leere danach? Heute jedenfalls nicht. Im Gegenteil: Er war ganz da, ganz präsent, wollte und würde Gottes Auftrag überzeugend und würdig zu Ende bringen und sich vor Gott und der Welt – wie gut passte das doch – verbeugen. Er freute sich auf die Aufführung, schon die letzten Tage standen in der Erwartung des Sonntags, und er spürte seit Tagen eine besondere Energie um sich fließen, sie stand ihm zur Verfügung, egal, wie viel er brauchte. Das war ein gutes Zeichen. Henriette hatte ihn besonders liebevoll begleitet in den letzten Tagen. Es war nun Zeit, sich auf den Weg zu begeben. Er kleidete sich an und ging dann zu Henriette. Sie erwartete ihn bereits. Sie nahmen sich lange in den Arm.

»So viele Jahre hast du meinen Weg begleitet. Ich möchte dir innig danken. Du warst und bist unendlich wichtig für meinen Weg. Ohne dich wäre ich nicht der, der ich bin.«

»Albert, Liebster, alles mit dir ist mir eine Freude. Ich bin so gern neben dir gegangen, Schritt für Schritt, es gibt keinen, den ich bereue. Es folgen weitere. Heute ist ein Höhepunkt, kein Endpunkt!«

»Ich widme dir diese Aufführung. Du wirst mir zusätzlich Kraft geben.«

Er küsste sie und fuhr dann zur Kirche.

Am nächsten Tag schellte es an der Tür. Henriette war nicht da, also musste er selbst gehen. Wer kam denn um diese Zeit, halb vier am Nachmittag. Von oben konnte man leider nicht erkennen, wer vor der Tür stand, erst unten konnte man durch das dicke Glas die Besucher erahnen. Er sah ihre Figur, kein Zweifel. Er öffnete die Tür. Sie trat ein, kam geschwind auf ihn zu. Stand vor ihm und sah ihn nur an. Sagte kein Wort.

»Aurelia!«

»Ja, hm, entschuldigen Sie. Ich musste Sie unbedingt sehen.« Sie hatte seine Hand ergriffen, mit beiden Händen.

»Möchtest du mit mir über das Konzert sprechen?«, fragte Herr Mattheis und entzog ihr seine Hand sanft. »War es nicht wunderbar? Ich bin selig.«

»Ja. Ich fand es auch sehr schön. Besonders.«

Sonst sagte sie nichts. Sie war überhaupt anders als sonst. Ruhig, schweigsam, zurückhaltend. In ihren Augen lag etwas, das er nie zuvor gesehen hatte. Ein Abgrund.

»Dann komm herein, einen Tee kann ich dir nicht anbieten, aber Wasser und Apfelsaft. Magst du hinaufgehen? Ich bin überrascht, aber ich freu mich, dass du hier bist.«

»Gerne. Kann ich helfen? Gläser tragen?«

»Ja, das ist lieb von dir.«

Oben im Blumenzimmer setzten sie sich auf die beiden Sessel. »Was hat dich denn hergeführt?«

»Der Schmerz.«

»Welcher Schmerz?« Herr Mattheis horchte verwirrt auf. »Was tut dir weh? Es lief doch alles bestens, wir können alle zufrieden mit uns sein.«

»Ich komme nicht damit zurecht, dass ich nicht mehr mit Ihnen proben darf, dass ich Sie nicht mehr sehen werde, dass Sie uns verlassen haben.«

»Aurelia, was sagst du da?« Herr Mattheis sog die Luft ein. Ich verlasse dich nicht. Dich niemals. Eher suche ich dich in allen Winkeln dieser Erde, meine Nicolette. Aber das dachte er nur, laut sagte er: »Leicht ist es für mich auch nicht, Mädchen, aber das ist der Lauf des Lebens. Ich bin alt, es ist die Zeit für Jüngere. Euer neuer Chorleiter wird seine Sache auch sehr gut machen, du wirst sehen. Aber das bedeutet nicht, hoffe ich, dass wir uns nicht mehr sehen. Du weißt ja, wo ich wohne, und mein Haus steht dir auch dann weiterhin offen, wenn ich nicht mehr dein Chorleiter bin. Ich würde mich freuen, wenn wir uns ab und zu sehen könnten.«

Immer noch sah sie ihn so abgründig an, er verstand nicht, was er sah, was sie ihm sagen wollte.

»Das ist schön, ich darf Sie also weiterhin sehen?«

»Gib mir einmal deine Hand.« Er schob seinen Sessel nahe zu ihrem. »Weißt du, was es meint, sich etwas in die Hand zu versprechen?« Er hielt ihre Hand in seiner.

»Ja, das weiß ich.« Ihre Stimme war brüchig.

»Gut. Ich verspreche dir also, liebe Aurelia, dass du mir immer willkommen bist und dass ich mich nie von dir entferne.« Nun hatte er seine Gedanken also doch ausgesprochen, jedenfalls zum Teil.

»Kann man so etwas versprechen? Meinen Sie? Aber ich vertraue Ihnen. Sie machen mich glücklich.« Zum ersten Mal heute gab es Licht in Aurelias Augen.

Ihre Hand lag in seinen Händen, ihre andere hatte sie auf seine gelegt. Herr Mattheis betrachtete die verbundenen Hände: »Ich sollte dich nicht glücklich machen. Ich hatte mir das ja auf der Schiene des väterlichen Freundes vorgestellt …«

»Aber?«

»Es schafft Distanz.« Er sah sie an. Ihr Gesicht so kurz von seinem entfernt. Sie schien aber nicht verstanden zu haben, was er damit sagte. Ihr Blick war dunkel und immer noch abgründig. Von dem Glück, das sie angesprochen hatte, war nichts zu sehen. Er lehnte sich zurück, schob den Sessel wieder hinter den Tisch und sprach über das Konzert. Wie gut das Orchester gespielt hatte, wie begeistert die Leute gewesen waren, wie schön der Chor geklungen habe, wie stark die Aussagen der Texte übergesprungen waren. Aurelia sah ihn unverwandt an, sagte fast nichts und stand auf, als auch er verstummte. Sie ging zu ihm, nahm seine Hand, zog ihn aus dem Sessel. Stumm legte sie ihre Arme um ihn, ihren Kopf an seine Brust. Der Duft ihres Goldhaars stieg ihm in die Nase. »Auf Wiedersehen!«, murmelte sie in seine Kleidung. Er umarmte sie ebenfalls. »Ja, auf Wiedersehen, vergiss nicht, dass das ein Gruß voller Hoffnung ist.«

Sie lächelte ihn schief an und stieg dann die Treppe hinunter, öffnete selbst die Tür, drehte sich um, hob die Hand zum Gruß und verschwand.

Herr Mattheis sah ihr nach, stand da, als sie längst nicht mehr zu sehen war. Was war das denn gewesen? Warum war sie so trüb und traurig geblieben? Was war los? Er verstand sie nicht. Er war allerdings froh, dass er der Versuchung widerstanden hatte. Ihr Mund war seinem eben so nahe gewesen. Er war stark genug gewesen. Ihr Verhalten hatte es ihm leicht gemacht. Verwirrt und unruhig schloss Herr Mattheis die Tür.

Noch Tage später dachte sie über ihren Besuch bei Herrn Mattheis nach. Was hatte da auf ihr gelegen? Sie war so dumpf gewesen. Die Freude über sein großes Versprechen war nicht bis in ihr Herz gedrungen. Was konnte sie denn mehr wollen als das? Er war so lieb gewesen, so zugewandt. Warum war ihr Schmerz über seinen Abschied denn größer gewesen als sein Versprechen, sie immer willkommen zu heißen? Lag es an der Musik? Daran, dass sie nicht mehr mit ihm gemeinsam singen würde? Kein Konzert mehr unter seiner Leitung erleben würde? So war es wohl. Das Singen hatte ihr so viel gezeigt über sich, sie hatte Schichten und Regionen in sich entdeckt, deren Existenz sie vorher nicht einmal erahnt hätte. Was für ein gewaltiger Raum. Sie hatte sie entdeckt über die Texte und Töne, die sie durch Albert kennengelernt hatte. Sie hallten durch ihren Kosmos und zeigten durch ihr Echo, wo überall Substanz in Aurelia war, die zu ihr gehörte, die eine Botschaft für sie hatte. Natürlich waren auch Freunde und Filme und Schule und Sport und Familie – kurz: alles andere in ihrem Leben ebensolche Echoräume und auch wichtig. Dennoch hatte Aurelia das Gefühl, dass das, was sie im Zusammensein mit Albert kennengelernt hatte, tiefer und bedeutsamer war als alles andere. Sie vibrierte durch ihn auf einer Frequenz, die sie unglaublich tief in sich drin wahrnahm.

Noch dazu, ja: dazu kam dieses irre Gefühl der Liebe. Aurelia hatte erst eine halbe Stunde, nachdem sie Alberts Haus verlassen hatte, verstanden, was er meinte mit der Distanz. Es war eben nicht die väterliche Nähe, die er empfand, nein, die väterliche war zu distanziert. Er fühlte als liebender Mann. Sie erschrak darüber, obwohl sie es längst wusste. Hatte er ihr signalisieren wollen, dass er selbst nicht mehr so dachte? War er bereit für eine wahrhaftige Liebesbegegnung? Aurelia wurde heiß bei diesem Gedanken.

Bald würde sie die Stadt verlassen. Sie fragte sich schon lange, ob sie das gut oder schlecht finden sollte, dass sie dann auch eine räumliche Distanz zu Albert haben würde. Wahrscheinlich gut. Denn sie musste einen Weg finden, ohne ihn zu leben. Das in jedem Fall, sie hatte sich nie gewünscht, dass er ihr Lebenspartner wäre, aber dass sie ihm, nur ihm, ihre Liebe unverhohlen zeigen dürfte, das schon. Ihn küssen wollte sie. Ihn streicheln. Ihn in sich spüren. An seiner Brust liegen. Zu wissen, dass er genauso wünschte, machte alles nur umso schwerer.

Warum nur waren sie einander begegnet? Was sollte eine tiefe Liebe, wenn sie nicht gelebt wurde?

»Glaubst du, wir werden in Kontakt bleiben, wenn wir beide erst einmal studieren?« Rosa hatte Aurelia zu sich eingeladen, um endlich wieder einmal in Ruhe zu reden. Die Prüfungen lagen hinter ihnen, sie warteten nur auf die Ergebnisse und die Verabschiedung. In drei Wochen war die Schulzeit Geschichte. Unvorstellbar.

»Ja, das ist für mich sonnenklar, Rosa! Es wird nicht mehr das Gleiche sein, natürlich nicht, aber trotzdem werden wir Freundinnen bleiben. Glaubst du nicht?«

»Doch bestimmt, aber die Zeit, die jetzt kommt, ist so anders als die Schulzeit in dieser kleinen Stadt. Wir werden viele neue Leute kennenlernen und richtig erwachsen werden. Ich glaub, das bedeutet viel.«

»Ganz bestimmt. Du ahnst nicht, wie ich mich darauf freue!«

»Ich mich auch.« Sie sah Aurelia behutsam an. »Darf ich dir etwas sagen? Ich wünsche dir so sehr, dass du dich verliebst! Dass du endlich diese Liebe, die dich offenbar hier so fest bindet, loslassen kannst. Ich glaube immer noch, dass sie nicht gut für dich ist.«

»Nicht gut für mich, hm tja, das ist keine Kategorie für mich. Ich kann dir auch nicht sagen, warum meine Seele mir das antut, ich will diese Liebe auch nicht haben, das weißt du ja, aber ich kann nicht finden, dass sie mir nicht gut tut. Im Gegenteil sogar: sie bildet mich.«

»Was meinst du denn damit?«

»Sie lässt mich klarer sehen. Sie zeigt mir, wer ich bin, schafft Bewusstsein. So viele Spaziergänge habe ich mit Selbstgesprächen verbracht. Ich habe versucht, mich so genau wie möglich zu erforschen, herauszufinden, was meine Liebe zu ihm für mich bedeutet, und dabei habe ich mich viel besser kennengelernt. Anfangs dachte ich, dass ich sie dadurch auflösen könnte, mittlerweile aber habe ich sie akzeptiert.«

»Und findest es nicht mehr komisch, dass du erregt bist, wenn du einen so viel älteren Mann, einen Opa, verzeih, in der Ferne auftauchen siehst?«

»Stell du das nur so dar, hat Raphael auch gemacht. Ich verstehe euch ja. Im Übrigen verstehe ich auch deinen Wunsch, ich möge mich verlieben. Das wünsche ich mir selbst auch. Albert glaub ich auch. Es ist wirklich eine verflixte Geschichte. Voller Liebe und dann auch wieder nicht, denn Liebe will doch nur Gutes und diese schafft fast nur Probleme. Aber lass uns von was Anderem reden, ich habe keine Lust, mich immer um dieses Thema zu drehen.«

»Ist gut!« Rosa holte die Abizeitung und legte sich neben Aurelia aufs Bett. Sie blätterten die Zeitung gemeinsam durch, lasen sich die Stilblüten vor, erinnerten sich gegenseitig an schräge oder lustige Erlebnisse während der Schulzeit und redeten bis weit nach Mitternacht. Als Aurelia schon gehen wollte, fragte Rosa: »Was meinst du, ist der Sinn des Lebens?«

»Och, Rosa, was ist das denn jetzt für eine Frage? Hättest Philosophie nicht abwählen sollen, dann hättest du darüber nachdenken können.«

»Mal im Ernst. Was würdest du antworten, wenn du jetzt dazu etwas aufschreiben müsstest. Oder eine mündliche Prüfung, ja genau, ich bin deine Prüferin. Fräulein Maurer, legen Sie uns dar, was Sie für den Sinn des Lebens halten und begründen Sie Ihre Meinung unter Berücksichtigung persönlicher und überpersönlicher Gedanken.«

»Ach komm, ich finde das jetzt klischeehaft. Die Schulzeit geht zu Ende, wir beide wie die ganze Stufe stehen vor einem Aufbruch und du fragst nach dem Sinn des Lebens? Außerdem: ich hatte auch nicht Philo, schon vergessen?«

»Tja, das Leben ist eben manchmal klischeehaft, oder nicht? Vielleicht kannst du mir mehr dazu sagen, schließlich hast du so viel nachgedacht.« War das eine Spitze gegen Aurelia?

»Was treibt dich denn um? Hast du Angst vor den nächsten Wochen?«

»Ja, ich fühle mich verloren. Freue mich nicht so wie du auf den Umzug. Alles geht auseinander. Ob ich mit Robert zusammenbleibe? Mich zieht es nicht weg, ich gehe nur, weil ich hier nicht studieren kann. Ich weiß nicht so genau wie du, was ich mit mir und meinem Leben anfangen will.«

»Weiß ich das denn? Ich weiß, dass ich Deutsch und Französisch studieren will, aber worauf das dann hinausläuft, davon habe ich auch noch keinen Schimmer. Ich weiß nur, dass man das tun muss, was gerade wichtig ist. Was wichtig ist, weiß man nur selbst, das kann nicht von außen kommen.«

»Du meinst das, was alle Kitschromane sagen: hör auf dein Herz. Le cœur a ses raisons que la raison ne connaît pas. So in etwa?«

»Genau so.«

»Ist das nicht banal? Dass das Herz mehr ist als die Pumpe für unseren Körper?«

»Ich hab es nicht als banal empfunden: Kannst du dich an meinen Hautausschlag erinnern? Vor ein paar Monaten? Den habe ich bekommen, weil ich mich mit meinem Verstand gegen das gewehrt habe, was mein Herz erkannt hat.«

»Da siehst du es, es kann auch falsch sein, was dein Herz dir sagt. Oder? Was soll denn daran richtig sein, einen so viel älteren Mann so intensiv zu lieben. Der sich dir auch gar nicht nähert bzw. dir eine Annäherung verbietet? Da bin ich aber jetzt gespannt auf deine Antwort.«

»Vielleicht ist diese Liebe richtig, weil sie mich bildet, habe ich ja schon gesagt. Auf eine seltsame Art gibt sie mir Kraft.«

Rosa lag mit dem Rücken auf ihrem Bett und starrte an die Decke. Sie zog Aurelia, die neben ihr saß, neben sich. »Irgendwie beneide ich dich sogar. Ich sehe ja, wie du kämpfst, gegen deine Gefühle, für sie auch wiederum. Ich sehe, wie schwer es für dich ist, aber wie unabweisbar. So etwas habe ich nicht in meinem Leben. Ich habe nur laue Gefühle und eine diffuse Angst. Zum Beispiel Angst davor, dass ich mich für den falschen Weg entscheide, dass ich das Leben in einer fremden Stadt nicht packe. Aber das sind Nebensächlichkeiten.«

»Nenn das nicht so. Nichts ist nebensächlich, was du fühlst. Das zum Beispiel halte ich auch für den Sinn des Lebens, nach dem du gerade fragtest, dass man seine Gefühle ernst nimmt. Es ist immer eine Botschaft in ihnen versteckt. Du hast Angst. Horch hinein. Wovor genau? Was genau befürchtest du? Das weißt nur du. Aber, weißt du noch, was der ‚dumme Juro' sagt: Angst haben ist das eine ...«

»... und trotzdem das Richtige tun, das andere. Na klar! Ach, das war schön, die Krabat-Aufführung damals. Du am Cello und ich als Osterwassermädchen.« Rosa nahm Aurelias Hand. »Danke!« Dann sagte sie lange nichts, beide schauten nur an die Decke. »Ich werd dich vermissen, Aurelia!«

»Ich dich doch auch.« Aurelia blieb so lange bei Rosa, bis die eingeschlafen war.

Nun fehlte nur noch der Abschied von Albert. Wie er sich wohl gestalten würde? Sie waren für Freitag zum Tee verabredet. Sie war aufgeregt, schon am Dienstag. Aber manchmal bemächtigte sich auch eine Dumpfheit ihrer, dann war sie antriebslos, konnte nur abwarten, bis der Anfall, so empfand sie es, vorüber war und ihre Energie zurückkehrte. Sie hatte einige solcher Anfälle in den letzten Monaten erlebt, seit dem Gespräch im Gartenhaus, als Blau in Blau geflossen war. Das musste alles ein Ende haben, sie sehnte Münster herbei, den Schnitt, ein neues Leben, sie erhoffte sich, interessante Menschen zu treffen, sie wollte fort von hier, aufbrechen. Was konnte ihr eine weitere Begegnung mit Albert schon geben? Sie wusste im Vorhinein: viel. Sie lebte auf und war glücklich, wenn sie mit ihm allein war, sie miteinander sprachen und wie von allem Anfang an sich ansahen. Denn das hatten sie getan, auch nach dem Bannwort, auch während des Versuchs Aurelias, diesem Diktum gerecht zu werden. Aurelia war weiterhin ins Gartenhaus gekommen und Albert hatte sie dort weiterhin besucht. Sie hatten sich nicht nur angesehen, gelöst, ewig und voller Lebensgier, nein, sie hatten sogar die Hände ineinander gelegt. Für die Dauer der Treffen im Gartenhaus galt eine andere Zeit. Eine Zeit ohne Werden und Vergehen – und ohne Gedanken an die Unmöglichkeit der Nähe. Es war für Aurelia immer gewesen, als wäre sie aus einer verborgenen Zauberwelt zurückgekehrt, wenn sie aus dem Gartenhaus kam. Worüber sie gesprochen hatten, war ihr oft nicht mehr erinnerlich. Es ging beiden nur um die Nähe des anderen Augenpaares.

Nun hieß es aber wirklich, Abschied zu nehmen, für viel länger. Aurelia wusste auch bereits, welches Geschenk sie ihm mitbringen würde: eine der beiden schwarzen Rosen aus feinem Stoff, die an ihrem Kleid durch Umänderung überflüssig geworden waren. Er hatte sie in diesem Kleid gesehen und war hingerissen, das hatte er ihr einfach so gesagt. Sie dachte so gern an diesen Abend. Es war nicht lang her gewesen, ein Konzert außerhalb der Stadt; ein Freund Alberts wollte ihm ein Abschiedskonzert mit einem kleinen kammermusikalischen Programm ermöglichen. Der Chor war anschließend zum Essen in einer Scheune eingeladen. Sie trug das Kleid zum ersten Mal, sie hatte gleich seinen Blick bemerkt, als er sie darin erblickte. Beim Hin- und Hergehen in der Scheune, es gab diverse Möglichkeiten, hatte er sie abgepasst und ihr zugeraunt, wie wunderschön und aufregend er sie finde. Seine Augen hatten sie so angeblickt wie nie zuvor, Aurelia hatte der Atem gestockt, so deutlich hatte sie Bewunderung und Begehren darin gesehen. Dieser Moment hatte nur kurz gedauert, später war sie froh, dass sie ihn abends im Tagebuch festgehalten hatte, sonst hätte sie vielleicht später gedacht, sie habe sich das eingebildet. Sie hatte damals das Fest eher als er verlassen, sich von ihren Leuten im Chor verabschiedet und war zur Tür gegangen. In der offenen Tür hatte sie einen Drang gefühlt, sich umzudrehen, und richtig: Sie sah Albert wie aus der Zeit gefallen sie anblicken, ihr mit dem gesamten Körper zugewandt. Ein Schauer lief ihr über den Körper. Es war Magie: kein anderer Mensch, so schien es Aurelia, die einen schnellen Blick durch den Saal schweifen ließ, beachtete ihn oder sie in diesem Moment. Sie waren unter dem Schutz der Liebe, die ihren Mantel über sie gebreitet hatte.

Er würde genau wissen, was sie meinte, wenn sie ihm diese Rose zum Geschenk machte. Er würde verstehen, dass sie ihm ihren Körper schenkte, den er aus lauter Anstand nicht spüren wollte. Sich das verbat. Darüber sprachen sie nie. Warum auch? Am Tag des Abschieds ging sie noch früher als sonst los, musste einen Umweg nehmen, um nicht viel zu früh vor seiner Tür zu stehen. Sie klingelte, er öffnete sofort, er musste im Vorraum gestanden, auf sie gewartet haben. Er trug einen Nadelstreifenanzug.

»Oh, Herr Mattheis, Sie sehen so festlich aus. Ich bin überrascht.«

»Auch traurige Anlässe können festlich sein.« Er bat sie herein. Wie oft schon ging er ihr voraus ins Blumenzimmer. Dort war bereits alles gedeckt.

»Meine Frau ist nicht da, wir sind unter uns.« Er hielt ihr den Sessel bereit wie ein Gentleman. Als sie sich setzte, berührte er leicht ihre Schulter. »Heute müssen wir uns also trennen? Du verlässt uns? Ziehst weg? Ins Leben hinein?«

»Nun, so kann man das ja nicht sagen.«

»Aber du brichst auf. Mädchen, ich freu mich für dich. Mädchen – das darf ich gar nicht mehr sagen, du bist längst eine junge Frau.«

»Mich stört es nicht. Ja, ich freu mich auf Münster, und ab und zu werde ich wohl auch wieder hier aufschlagen.«

»Darüber, dass mein Haus dir immer offensteht, haben wir schon gesprochen, nicht wahr? Ich freu mich, wenn du kommst. Aber komm nicht zu häufig, dein ureigenster Weg führt dich sicher hinaus in die Welt, nicht zurück in diese kleine Stadt.«

»Nun, Sie haben ja auch einen Platz hier gefunden, so schlecht kann sie also nicht sein.«

»Jaja, das stimmt natürlich, ist aber doch etwas ganz Anderes. Es waren andere Zeiten, man musste sehen, wo man blieb, nehmen, was man bekam. Dass es sich als Segen für mein Leben herausgestellt hat, in dieser Stadt zu landen, war nicht von vornherein ersichtlich. Habe ich dir denn erzählt, wie es überhaupt dazu kam, dass ich hier einen Studienplatz bekommen habe?« Er hatte von Anfang an den Gesprächsfaden in der Hand, ließ ihn nie fallen, reihte Bemerkung an Anekdote, bis es Aurelia reichte und sie abrupt aufstand. Er wollte offenbar keine Nähe zulassen.

»Ich muss nun gehen. Aber ich möchte Ihnen etwas schenken. Zum Abschied.«

Herr Mattheis stand auch auf. Sie nahm seine Hand und legte die schwarze Rose hinein. Die Hand fing an zu beben, der ganze Mann bebte.

»Du hast mich verstanden, natürlich hast du mich verstanden, du verstehst mich auch jetzt. Also weißt du, warum ich so viel gesprochen habe.« Er steckte die Rose in sein Jackett und nahm Aurelia fest in die Arme. Fest und sehr lang. Er legte seine Hand an ihren Kopf und drückte ihn so eng an sich, dass sie beinahe keine Luft mehr bekam. Sie war überrascht von seiner Kraft. Sie küsste ihn auf den Hals und die Wange und wieder überraschte sie etwas: sie spürte Tränen. Albert weinte.

»Bitte geh jetzt. Ich geleite dich zur Tür.«

Unten führte er ihr Handgelenk an seinen Mund und küsste die Innenseite.

»Ich komme wieder«, sagte Aurelia, und verbeugte sich vor ihm.

»Ach nein, neige nicht dein schönes Haupt vor mir.«

»Aber ich verehre Sie.«

»Ich hoffte, du liebtest mich.«

»Ja, ich liebe dich. Das weißt du doch.« Sie bebte, als sie diese tiefe Wahrheit so leicht aussprach.

Mit einem echten Handkuss verabschiedet er sie und schloss langsam die Tür. Aurelia sah ihn an, bis auch das letzte Blau verschwunden war.

Aucassin, der sel'ge Mann, zog mit Armen sie heran, hielt sie fest und eng umfangen, küßt ihr Augen Mund und Wangen.

Wie lange würde es wohl so bleiben, dass sie am Wochenende in ihre Heimatstadt fuhr und nicht in Münster blieb? Wie lange es dauern, bis sie dort Freunde gefunden hätte, wie lange, bis sie sich dort verwurzelte. Noch war es nicht so, wobei sie spüren konnte, dass es langsam begann. Dieses Wochenende hatte sie aber auch einen besonderen Grund, es war der Geburtstag von Leonie. Keiner wusste, dass sie kommen würde, sie wollte einfach dastehen, ohne Ankündigung. Ihre Mutter, das wusste sie, mochte solche Überraschungen nicht, sie hatte es lieber, wenn sie sich freuen und Dinge vorbereiten konnte. Aber Leonie, da war Aurelia sich sicher, würde sich riesig freuen. Es stimmte nicht, dass keiner wusste, dass sie kommen würde. Auf einer Postkarte hatte sie Albert ihr Kommen angedeutet, wenn es passte, wollte sie auch ihn sehen.

Am Vormittag kam ihr Zug an, sie lief zu ihrem Elternhaus, drückte die Tür auf und rief: »Hallo Mama!« Ihre Mutter war gerade in der Küche und kam mit verschmierten Händen herbeigelaufen. »Aurelia? Was machst du denn hier? Habe ich denn jetzt genug zu essen, wenn du auch da bist?«

»Mama, ich freu mich, dich zu sehen! Ich weiß ja, du magst solche Überraschungen nicht, ich esse auch nur ein Brot, wenn ich soll. Komm in meine Arme!«

»Du bist wie dein Vater, der hat auch immer solche Alleingänge gemacht.«

»Alleingänge, hihi, Mama! Freust du dich auch ein bisschen?«

»Na, ich freu mich mehr, wenn ich vorher weiß, wenn ihr kommt. Begleitest du mich in die Küche? Ich bin mitten in der Arbeit.«

»Ich helf dir kochen!« Aurelia grinste ihre Mutter an. In ihrem Praktikum, das sie bei einem Buchbinder absolviert hatte, hatte sie das alte, zerfledderte Kochbuch ihrer Mutter neu gebunden. Allerdings nicht ganz genau aufgepasst und eine Passage falsch herum eingebunden. Dieses Kochbuch hieß *Ich helf dir kochen*.

»Ich bin fast fertig. Aber du kannst die Soße machen.«

»Ok! Später dann wollte ich zur Schule laufen und das Geburtstagskind abholen.«

»Oh, dann musst du aber sofort los, denn sie hat heute nach der 4. Stunde aus.«

Aurelia sauste aus dem Haus und rannte zur Schule, so schnell das mit dem Luftballon in ihrer Hand ging, und versteckte sich hinter einem Baum. Leonie kam umringt von Freundinnen den Weg vom Altbau her. Kurz bevor sie auf ihrer Höhe war, hüpfte Aurelia hinter dem Baum hervor.

»Aurelia!« Leonie blieb wie angewurzelt stehen und stürmte dann ihrer Schwester in die Arme. »Oh, wie schööööön, dass du da bist. Ich freu mich so! Voll die Überraschung! Ich bin glücklich, dass ihr alle da seid!« Sie umarmte ihre Freundinnen und ihre Schwester. »Was für ein schöner Tag!«

Nach dem Mittagessen war die Zeit für Aurelia gekommen, sich bei Herrn Mattheis zu melden. Leonie war mit ihren Freundinnen verabredet, am Abend sollte Aurelia dazustoßen. Sie hatte bei ihm angerufen und war willkommen. Leicht wie nie ging sie zu ihm. Münster hatte ihr tatsächlich gutgetan, wie sie es sich gewünscht hatte. Zwar war ihre Liebe zu ihm nicht verschwunden, aber das verbrennend Schmerzhafte war fort. Aufgeregt war sie natürlich trotzdem. Das erste Wiedersehen nach sechs Wochen.

Nur eine halbe Stunde etwa hatte Aurelia allein im Gartenhaus gesessen, sich überhaupt nicht darum bemüht, sich selbst zu verbergen, dass sie nur auf ihn wartete, an ihn nur dachte, nach ihm nur zum Fenster hinausschaute. Sie genoss die Stille und ruhte trotz ihrer Aufregung in großem Frieden. Sie fühlte sich geborgen vom Grün der Bäume, der Himmel über ihr war hell, weil sie sich geliebt wusste von dem Mann, der gleich zu ihr kommen würde. Aurelia sehnte sich noch immer nach ihm, aber sie hatte seinen Entschluss akzeptiert.

Mit einem Tablett voller Teegeschirr sah sie ihn den Weg entlang gehen. Sie öffnete ihm die Tür und strahlte ihn an. Albert setzte das Tablett auf den Tisch.

»Welch Freude, welch große Freude, dich zu sehen! Aurelia!« Ihre Augensterne, die ihn jetzt so fröhlich anlachten, standen längst an seinem Firmament. Nächtelang hatte er sich an sie gewandt, ihnen alles, was er war, offenbart, hatte sie überall gesehen, auch am Tag. Ihre Augen blickten ihn mit einer großen ruhigen Innigkeit an und schlossen sich erst, als ihrer beider Lippen sich sanft berührten. Sie spürte die Wellen von Energie und Duft und Wesen hin und her schwingen. Kaum Atem. Ihr Atem war die Verschmelzung in großer Stille. Sie öffnete langsam ihre Lippen, ein Zittern durchlief ihren Körper, als sie Alberts Zunge ihre umspielen spürte. Behutsam löste sie sich, nahm seine Hand und legte sie auf ihren bebenden Brustkorb, gerade in die Mitte.

Sie blickten sich mit ernsthafter Zärtlichkeit an.

Setzten sich, tranken Tee, sprachen sehr wenig, versanken immer wieder für Sekunden im Blick des Anderen. Aurelia hatte das Gefühl, als müsse das Gartenhaus leuchten, als müssten alle Nachbarn zum Fenster laufen, um die Ursache des hellen Scheins zu ergründen, der da aus dem Gartenhaus zu ihnen drang.

»Albert.«

Sie nannte ihn beim Namen, zum ersten Mal sprach sie ihn so an. Ihr klopfte das Herz in der Kehle.

»Hier bin ich. Mit dir. Für dich.« Er reichte ihr die Hand bei diesen Worten.

Stand danach auf, versuchte, sich das Glück vom Gesicht zu löschen.

Aurelia blieb sitzen, sagte: »Ich gehe später. Ich schließe dann die Tür.«

Der Mund schien ihr mit einem Mal so kostbar und intim, er war durch dieses Erleben zum privatesten Ort ihres Körpers geworden. Er schmeckte alle Nuancen und spürte unbestechlich, ob die Küssenden miteinander harmonierten.

Albert hatte die Trennung aufgehoben, sie durften aufsteigen.

Albert stand in Flammen. Dieser eine Kuss mit Aurelia hatte ihn in eine andere Sphäre getragen. Er lief in seinem Zimmer auf und ab. Liebste, wie kann das sein? Was schenkst du mir? Ich habe nie etwas Vergleichbares gefühlt! Außer sich presste er sich die Hände auf die Brust, atmete heftig. Woher kommen diese Gefühle?

Wahnsinnig wild klopft das Verlangen nach dir, du Schöne. Mit welcher Hingabe du mich erspürt hast.

Ich glühe vor Sehnsucht, vor Ungeduld. Ja, Ungeduld. Denn ich weiß, es wird sein, ich werde die Erfüllung in dir, mit dir, durch dich erleben. Seit heute weiß ich es. Verzeih mir, dass ich mich so lang ferngehalten habe. Mit jeder Facette meines Seins liebe ich dich, Aurelia. Mit jeder Faser meines Körpers begehre ich dich. Er ließ sich auf einen Sessel fallen, schloss die Augen, rief ihr Bild vor sich und erweckte jede kleinste Erinnerung an den Kuss zum Leben. Er fühlte sein Geschlecht groß werden. Aurelia schwebte vor seinem inneren Auge. Dir, dir will ich mich ergeben. Mich in dir erheben. Ganz dein werden. Und du mein. Alles will ich dir schenken, mit allen Sinnen, ich will mich an dir berauschen und dich auf die höchsten Höhen der Lust tragen, oh Aurelia.

Es war unglaublich, sie hatte sich angesagt, wirklich und wahrhaftig sie. Zum Radiohören. Der NDR sendete einen Beitrag über Hugo Wolf und sie wollte das mit ihm hören. Er hatte Kekse herausgeholt und Saft bereitgestellt, sich gewaschen und blickte aufgeregt 16 Uhr entgegen.

16 Uhr, sie klingelte. Aurelia stand unten, Gustav mit der Hupe, oh ja, das Rad stand abgeschlossen in seinem Hof. Schönste, komm herein. Sie stieg vor ihm die Treppe hinauf, ihre schlanken Beine bewegten sich schnell, er kam kaum hinterher. Oben im Zimmer schien die helle Nachmittagssonne. Sie umarmte ihn, löste sich aber schnell und setzte sich auf den Sessel. Er stellte das Radio an, die Sendung lief bereits. Sie sah ihn an, die Nachmittagssonne leuchtete ihm nun voll ins Gesicht, er hatte Mühe, klar zu sehen, die Töne erklangen, Töne, die er ihr doch später erläutern wollte, aber wie sollte er das tun? Sie saß ja zu seinen Füßen. Er hatte nicht bemerkt, dass sie dort Platz genommen hatte, ihren Kopf an sein Bein schmiegte. Alles Denken war unmöglich, er schwebte, seine Hand hatte ganz allein den Weg zu ihrem Rücken gefunden, oh, wie seidig ihre Haut. Die Nachmittagssonne wechselte die Farbe, das Gelb wurde Orange und Glutrot, und als auch dieses Rot verloschen war, leuchtete nur noch das Rot ihrer Rosen in seinen Händen. Die Musik war verklungen, irgendwann musste er das Radio ausgeschaltet haben.

Sie erhob sich, ihr Haar wild und wahnsinnig verführerisch. Sie lächelte ihn glücklich aus den Tiefen ihrer Frauenaugen an und zog dann überraschend und in einer einzigen fließenden Bewegung Hemd und Pullover aus, die im Laufe des Nachmittags verrutscht und durcheinandergekommen waren. Nie, nie hatte er eine schönere Frau gesehen. Im Dämmerlicht stand sie irisierend vor ihm. Schneeweiß leuchtete sie. Und zog ihn magisch an. Mit einem Satz war er bei ihr, umfing ihre Silhouette, liebkoste ihre Schultern, Brüste, ihren Rücken und war verzückt. Ganz in dem Bann der unverschämten Nacktheit seiner allerliebsten Nicolette. Stempel seines Hingerissenseins, seiner Bewunderung, ja, seiner Liebe drückte er ihr zart auf. Sie nahm ruhig sein Gesicht in ihre beiden Hände und hob es sanft an, damit sein Mund auf ihrem läge und sie sich für einen ewigen Moment küssten.

Per Brief hatten sie sich verabredet für diesen Abend. Aurelias Herz schlug ruhig, aber ihr Körper war erfüllt von einer hellen Spannung. Vier Wochen hatten sie einander nicht gesehen, aber viel geschrieben. Sie war sicher, dass ihre Freude auf das Wiedersehen auch seit Tagen schon aus seinen Augen leuchtete, sich auch auf seine Wangen malte. Aurelia hatte keine Mühe gehabt, dieses Leuchten hinter einer Maske zu verbergen, jetzt, da sie sich Schritt für Schritt seinem Haus näherte, konnte sie endlich alle Kontrolle fallen lassen. Als er die Tür öffnete, sah sie, dass sie richtig vermutet hatte: Albert stand da, lächelnd, eine Gloriole um sich. Er streckte langsam seine Hand nach ihr aus, Aurelia gab ihm ihre. Sie liebte seine Hände. Schon früher, im Chor, hatte sie seine Hände angesehen, ihre Eleganz im Schwingen betrachtet, beobachtet, wie sie für Klarheit sorgten, wie sie Energie lenkten, Betonungen hervorlockten. Nicht besonders groß waren sie, fest, ausdrucksstark, immer gepflegt, wunderschön. Nun hielten seine beiden Hände ihre, die Augen hatte er auf Aurelia gerichtet.

»Ich darf dir wirklich all meine Liebe schenken?«, fragte er.

»Ja, Albert, das will ich.«

»Aurelia, was sagst du da!« Sie küssten sich. Gefühl, Geschmack, alles war noch so ungewohnt und aufregend, sein Kuss war für sie wie ein Stromstoß durch ihr ganzes Sein, sie erbebte, daraufhin auch er, ihr Kuss entflammte das von beiden so lang unterdrückte Verlangen nacheinander.

»Komm!« Er führte sie die Treppe hinauf in ein Zimmer. Sogar an einen Heizlüfter hatte er gedacht, damit ihnen nicht kalt würde. Aurelia lächelte. Ja, sie wollte auch lieber bloß liegen und ihn betrachten, sie kannten einander ja noch gar nicht. Alberts ganzes Gesicht war Zärtlichkeit. Er zog sie nach und nach aus, das dauerte lang, denn jedes Körperteil, das er entblößte, liebkoste er voll Hingabe und Glück. Auf diese Weise war Aurelia nie zuvor geliebt worden. Sie staunte zunächst über seine Begeisterung, dann genoss sie nur noch Alberts Berührungen und Liebesworte. Als sie endlich nackt war, entkleidete Albert sich schnell und legte sich zu ihr. Aurelia ließ es nicht zu, dass er sich unentdeckt mit ihr vereinigte. Sie strich langsam über seine Haut, so weich und zart war sie, so warm. Sie küsste seine Brust und seinen Mund, flüsterte in sein großes Ohr, wie sehr sie ihn liebe, wie sehr sie seinen Körper mochte. »Aurelia! Ich komme zu dir.« Sie erwiderte seinen Blick, der weit wurde und tief, beinahe jenseitig, während sie langsam ein Körper wurden. Aurelia fühlte sich vollkommen, alles, was sie aussandte, harmonierte mit Albert, beantwortete er, erfüllte er.

Lange lagen sie beieinander, betrachteten sich.

»Muss ich bald gehen?«, fragte Aurelia, während sie durch sein Haar strich. So lange hatte sie sich gewünscht, sein Haar zu berühren.

»Ja, leider. In den nächsten 45 Minuten, schätze ich.« Er schaute auf die Uhr.

»Dann haben wir noch eine kleine Weile. Ich kann mich nicht trennen.«

»Das trifft sich gut.« Albert drückte sich eng an ihren Körper. »Du hast eine so besondere Temperatur, du fühlst dich unwiderstehlich gut an.« Er stützte seinen Kopf auf die Hand und sah sie an. Aurelia sank ganz tief in ihren Körper und sie wusste nicht, wie ihr geschah, sie hatte das Gefühl, als öffneten sich verborgene und unbekannte Räume in ihr, sie wusste nicht, dass sie so groß und weit war.

»Albert, ich bin glücklich!«

»Das sehe ich, Geliebte!« Er küsste ihre Tränen. »Siehst du denn auch, wie sehr ich es bin? Wie ich außer mir vor Glück bin, fassungslos über das, was du mir schenkst. Und über das, was wir beide sind.« Den letzten Satz hatte er nachdenklich gesprochen.

»Macht dir unsere Liebe Angst?«

»Nein, wie sollte etwas so Himmlisches mir Angst machen. Nein, das nicht. Ich staune nur. Jeder von uns beiden lebt in einem Geflecht und hat seine Erfahrungen gemacht, ich natürlich viel mehr. Und vor dem Hintergrund meines doch schon langen Lebens staune ich eben über diese Gefühle, über dieses Glück.«

Sie rollte sich auf ihn und lag der Länge nach auf seinem Körper, eine Hand lag in seiner, die andere hatte er über ihren Rücken gelegt, ihre war in seinem Haar vergraben. Mit geschlossenen Augen murmelte er. »Und dein Gewicht, Aurelia, deine ganze Textur, auch das, Liebste, hör es nur, auch das ist unvergleichlich für mich.«

Als Antwort küsste sie ihn, zart, innig. Mit dem Lösen der Lippen löste sie auch ihren Körper von seinem, langsam und widerwillig.

»Du gehst?«

»Ja, aber ich komme wieder.« Sie ließ ihr Haar über seinen Körper streichen, er lag still da und über seinen gesamten Körper breitete sich ein sanftes Zittern. »Oh, was ist das? Ich bin im Himmel.«

»Komm bitte aber zurück auf die Erde, denn ich will dich neu und immer neu lieben. Jetzt gehe ich. Zum Glück kann ich ein wenig von deinem Duft mitnehmen.«

»Du kommst wieder! Ich kann es kaum erwarten.«

Albert sah Aurelia zu, wie sie sich anzog. »Du schönste Frau! Ich bin begeistert von dir.«

»Ach, Geliebter!« Sie beugte sich zu ihm herunter und küsste ihn wieder und wieder. »Bringst du mich zur Tür?«

»Aber selbstverständlich!« Albert warf sich einen Hausmantel über. »Auf bald! Vergiss mich nicht, ich werde dich nicht vergessen. Loin des yeux – près du cœur.«

»Ganz genau! Ich sehne mich schon jetzt nach dir.« Mit diesen Worten ging sie hinaus in die Nacht.

Trunken von Glück, Liebste, geliebte Aurelia, schreibe ich dir. Eben bist du durch die Tür gegangen und hast mich entflammt, brennend zurückgelassen und doch auch tief erfüllt. Deinen Leib, deinen süßen Leib durfte ich genießen, du hast mich mit deiner Lust beschenkt, dass ich außer mir bin. Du bist über alles Verstehen schön und berauschend.

Komm du nur bald wieder, wie du gesagt hast. Du wirst mich zärtlich und hingebungsvoll finden. Von ganzem Herzen der Deine. Albert.

Lieber Albert! Innigst Geliebter!

Was finde ich hier, soeben von der Uni nach Haus kommend! Post von dir! Deine liebe Hand. Ich liebe deine Schrift! Aber diese Liebe ist lau im Verhältnis zu der Liebe, die deinen Händen gilt. Und die wiederum ist kühl im Verhältnis zur Glut, mit der ich dein Wesen, deine Seele, deinen Kuss, deinen Körper, dich! liebe.

Ständig wandern meine Gedanken zu dir, sie finden allerlei Gelegenheit, sich um dich zu ranken.

In zwei Wochen komme ich. Dann suche ich dich, bis ich dich finde. Küss mich! Bis ich rasend werde. So viel ist für dich da fast nicht zu tun.

Ich liebe dich. Aurelia.

Unvergleichlich Schöne! Mein Sternauge!

Nicht viel ist für mich zu tun, dich rasend zu küssen? Das lese ich nicht gern, denn ich möchte unbedingt – dich küssend – viel zu tun haben! Dann gebe ich mir alle Mühe, dich nicht rasend, sondern selig zu küssen.

Ich habe eine Bitte. Kannst du mir ein Bild von dir schicken? Ich würde dein liebes Gesicht so gern auch mit meinen Blicken abtasten.

Des Himmels Sternenangesicht und aller Sonnen Licht … Du weißt es. Du weißt alles von mir.

Es grüßt dich vieltausendmal dein dich ewig brennend liebender Albert.

Geliebter!

Es war ja recht von dir, dir zu wünschen, viel zu tun zu haben. Wie wunderbar du dich doch beschäftigt und mich dabei in den Himmel gehoben hast. Ich kann mich immer noch nicht darüber beruhigen, welch Seligkeit es für mich bedeutet, in deinen Armen zu liegen, von dir liebkost zu werden. Im Zug nach Münster sitze ich, jedenfalls mein Körper. Mein Geist ist ganz bei dir und unserem wunderbaren Erleben.

Ich sehne mich so sehr nach dir. Zuhause werde ich gleich die CD hören, die du mir geschenkt hast. Sie wird mich noch ein wenig näher zu dir bringen. Ob das möglich ist?

Meine Seele umgibt dich! Für immer die Deine! Aurelia

Geliebte Aurelia!

Heute sende ich dir eine kleine Zeichnung, ist sie nicht entzückend? So geht es uns auch, oder nicht?

Überall, Liebste, seh ich dich nun, was hast du nur mit mir angestellt? Ob ich einen Bildband über die Königin Luise von Preußen ansehe oder durch eine Zeitung blättere, ein Stich alter Meister mir vor die Augen kommt oder ich am Himmel die Wolken sehe: überall sehe ich dich und immer denke ich: Meine Aurelia ist viel schöner. Du hast mich verzaubert. Eine Sehnsucht entfacht, die auch von dir nur stundenweise zu stillen ist.

Schreib mir wieder. Schreib mir immerzu.

Ich liebe dich. Ich liebe dich. Dein Albert.

Geliebte!

Schon wieder Post von mir. Davon kann es nicht genug geben, nicht wahr? Heute sende ich dir etwas ganz Besonderes. Es ist unsere Geschichte, allerdings vor mehr als siebenhundert Jahren aufgeschrieben. Erscheint es dir auch unglaublich, dass schon damals jemand uns kannte? Und dich so treffend beschreiben konnte? Deinen Liebreiz, deine Schönheit, deinen Mut? Und Worte gefunden hat, wie sehr Aucassin Nicolette verfallen war? So wie ich es dir bin. Hörst du, Liebste? Ich bin dir verfallen, daran gibt es nichts zu deuten, ich bin ganz in deiner Hand, du hältst mein Herz in deinen Händen und ich möchte es auch nirgendwo anders wissen. Denn bei dir lebt es gut. Natürlich, Aucassin und Nicolette dürfen sich ganz und gar verbinden, das können wir nicht, aber braucht es das, um glücklich zu sein? Sind wir nicht ohnehin verbunden, von einer höheren Macht unauflöslich verbunden, du und ich? Ich habe unser Datum in das Büchlein geschrieben, nimm diese Zahl als innigstes Liebeseingeständnis dessen, der dir ganz ergeben ist. Dein Aucassin, dein Albert, der Deine auf immer.

Unendlich Geliebter. Mein Aucassin.

Unsere Geschichte habe ich in einem verschlungen. Ich danke dir für das Buch! Aucassin ist so wunderbar, so entschieden, so unerschütterlich in seiner Liebe, wie es auch du bist. Ich preise mich selig, Liebster!, Albert!, dass ich dein bin, dass ich in deinem Geist wohne, in deinen Armen zuhause bin. Welch großes, unermessliches Glück wird mir doch durch dich zuteil. Ich freue mich unendlich auf meinen Besuch bei dir in Italien. Ich träume schon davon, wie ich zwei volle Nächte bei dir liegen darf, ohne fortgehen zu müssen, ungeteilt mit dir sein darf. Bald schon, bald ist es so weit. Voller Ungeduld erwarte ich unser Beisammensein, erwarte ich den Zeitpunkt, da ich dich endlich wiedersehen darf, dich schmecken, ertasten, fühlen darf. Deine Aurelia!

O mein süßes Liebchen, sprich, künde mir, wo such ich dich? Wüßt ich, wo auf Gottes Erde Ich dein Antlitz finden werde, zög ich rastlos unverwandt über Meer in's fernste Land, um dich aufzusuchen.

Unendlich Schöne! Allerliebste Nicolette! Liebste Aurelia, mein Augenstern. Brennend Geliebte.

Wahrscheinlich siehst du schon an meiner Anrede, dass ich meinem innigen Gefühl für dich nicht deutlich genug Ausdruck verleihen kann, dass ich mich nicht beschränken kann in meiner Liebe für dich, im Lob deiner Schönheit. Du hast mir geschrieben, entschuldigend, erklärend. Du musst dich nicht entschuldigen und mit nichts erklären. Was für dein Leben wichtig und richtig ist, weißt nur du. Ich habe dir immer zehn Verehrer an jedem Finger gewünscht, dass es eine Verehrerin ist, der du dich ganz verbinden willst, überrascht mich zwar, aber so ist das Leben. Was wir beide über so viele Jahre, sind es sechs? acht? – je nachdem, wie wir rechnen – miteinander erlebt haben, wird für immer und alle Zeit in meinem Herzen eingeschrieben sein. Die Jahre, die wir beide einträchtig, uns innig liebend, in der Straße des siebenundzwanzigsten März gewohnt haben, gehören für mich zu den schönsten Erinnerungen und sie werden unauslöschlich lebendig bleiben, auch wenn ich dich nicht mehr küssen darf. Ich verstehe dich auch vollkommen, Geliebte. Nun ist es deine Frau (werdet ihr heiraten?), der du alle Zärtlichkeit, die du so überreichlich in dir wohnen hast, schenken willst. Exklusiv. Ich denke, das muss so sein.

Es ist nun einmal so, dass meine Seele, mein Sein dich auserkoren hat, dich erkannt hat, ja, Aurelia, ich denke, wir haben einander erkannt und deswegen konnten wir uns beide auch nicht von der Liebe, die uns verbindet, befreien, so aufrichtig wir es beide versucht haben, damals. Ich frage nicht, warum wir einander nicht anders begegnet sind, warum uns das Alter trennt, warum zwei Menschen sich schicksalhaft lieben, die aber nicht ihr Leben miteinander verbringen können, ich frage nicht nach dem Sinn dieser Liebe, ich freue mich nur an ihr und bin nicht traurig, dass sie sich jetzt verändert, da du dich neu und anders bindest. Ich habe so tiefe Erfüllung mit dir erfahren, wie ich es nicht für möglich gehalten habe. Dafür bin ich unendlich dankbar. Dass du dich mir zugewandt hast, war über alles Verstehen groß, ein unerhörtes Geschenk Gottes an mich, an uns. Denn auch du, Geliebte, warst ja glücklich mit mir. Bist es. Wir sind auf ewig miteinander verbunden, ist das nicht ein Trost, egal, was kommen wird?

Ich werde weiterhin von deinem schönen Leib träumen, sieh es mir nur nach. Das soll dich nicht beschweren. Nichts, was zwischen uns ist, soll dich oder mich je wieder beschweren.

Ich bin so alt, dass ich das aus ganzem Herzen mit Gewissheit sagen kann: Ich liebe dich unverbrüchlich.

Immer der Deine!

Albert

Als Aurelia diesen Brief erhielt, küsste sie ihn viele Male und trug ihn lange bei sich. Ein großer Friede herrschte in ihr.

Aurelia freute sich, am nächsten Wochenende würde sie wieder einmal in die Heimat fahren. Es würde das erste Mal sein, seit sie mit Maxime zusammen war, das erste Mal, dass sie Albert sehen, ihn aber nicht küssen und liebkosen würde. Das fühlte sie klar. Ihre Sinnlichkeit gehörte nun ausschließlich Maxime. Sie hatten es so wunderschön zusammen. Nicht nur, dass sie das nicht gefährden wollte, sie hatte plötzlich kein Bedürfnis mehr nach seinem Kuss, nach seinen Händen, nach seinen Armen. Sie war selbst erschrocken über diese Klarheit. Die Liebe liebt das Wandern? War es so einfach? Und das nach diesen Qualen, die sie ausgestanden hatte. Es war doch wirklich und wahrhaftig eine tiefe Liebe. Das Gefühl der allertiefsten und persönlichen

Verbundenheit war auch noch da, aber die Leidenschaft hatte sie verlassen. Wie es schien, hatte Albert das akzeptiert, so hatte sie seinen Brief verstanden. Und so hatte er immer schon gesprochen, descendens und ascendens angeführt und dass er ihr nie im Wege stehen wollte. Das war ja überhaupt der Grund für seine Zurückhaltung damals gewesen, der feine Mann.

Sie hatten sich für einen Spaziergang verabredet. Albert ging oft in den Wäldern rund um ihre Stadt spazieren, sie hatte ihn auch oft begleitet, er nannte sie seinen guten Engel, der die Tiere sich nähern ließ, denn anscheinend sah er mehr Wild, wenn sie dabei war. Einmal war es nicht ungefährlich gewesen, eine Rotte Schweine war recht nah vorbeigezogen, Albert hatte ein Spray in der Hand, ob das aber wirklich geholfen hätte? Sie hatten Glück, der Wind stand günstig für sie und sie blieben unbemerkt. Sie liebte es, mit Albert Hand in Hand durch den Wald zu streifen. An einem Busch schnitt er dann oft wilde Rosen für sie, er hatte dafür extra einen Handschuh und eine Schere im Rucksack, sie fand das so entzückend. Leider entblätterten diese Blumen schnell. Er sagte dann jedes Mal, dass mit jedem Blatt, das falle, ein ganzer Zweig in seiner Brust für sie erblühe. Er war sehr romantisch, das hatte sie anfangs ins Staunen versetzt. Sie brachte den kühlen, beherrschten Chorleiter nicht zusammen mit dem innig, leidenschaftlich, beinahe exzessiv Liebenden und dem intensiven Briefeschreiber. Sie war überglücklich über das, was sie alles an ihm entdecken durfte.

Pünktlich wie immer stand sie an der Straße, sie sah schon von Weitem sein eckiges Auto.

»Liebste! Wie schön, dich zu sehen! Du siehst wunderbar aus. Deine neue Liebe scheint dich noch weiblicher zu machen.«

Nach kurzer Fahrt waren sie angekommen am Parkplatz, Aurelia hüpfte aus dem Auto, öffnete ihm, der immer länger brauchte sich zu sortieren, die Tür und breitete die Arme aus. Voll Freude legte er sich hinein.

»Wie lange haben wir uns nicht gesehen?«

»Das kann ich dir ganz genau sagen: fünf Wochen und zwei Tage. Eindeutig zu lang.«

»Allerdings.« Sie nahmen sich bei den Händen und gingen los. Für die Wege war immer Albert zuständig.

»Erzähl mir bitte von deiner Maxime. Ich will alles wissen, von der Haarfarbe bis zum Bücherregal.«

Aurelia erzählte freimütig von Maxime, es war ja auch schön, dieses Erleben mit Albert zu teilen. Keinerlei Eifersucht schien ihn zu belasten, sie fand das erstaunlich und bewunderte ihn sehr. Sie kamen irgendwann zu ihrem Platz, an dem sie oft mit ihren Jacken ein Lager bereitet hatten. Albert sah sie fragend an. »Du? Heute also nicht? Bist du ganz sicher?« Er war nahegekommen und hatte sie in den Arm genommen, streichelte ihren Rücken und ihre Seite, nah an den Brüsten.

»Nein, heute nicht. Und auch später nicht mehr. Du hast das doch im Brief gesagt, dass du das verstanden hast.«

»Jaja, aber sie weiß doch davon nichts. Nichts von uns hier jetzt.«

»Aber ich will es nicht.« Aurelia hatte das sagen wollen, aber sie kam nicht dazu, nicht sofort, weil Albert ihren Mund an seinen gepresst hatte.

»Nein! Bitte, lass mich.« Sie blitzte ihn wütend an. »Ich will das nicht mehr. Ich verstehe es selbst nicht, aber es ist so. Bitte akzeptiere das.«

»Du, du Schönste!«, er drückte sich an sie. Sie hielt still, antwortete nicht. Er hielt sie weiterhin eng umfangen und war erregt.

Da riss Aurelia sich los und lief in den Wald hinein, nicht auf dem Weg, den sie sonst genommen hatten, es war ihr auch im Moment egal, ob sie in die richtige Richtung lief, aber sie konnte seine Lust nicht ertragen, wollte nicht in sein enttäuschtes Gesicht gucken und wollte nicht seinen

Kuss erneut spüren. Sie war wütend. Warum hatte er versucht, den Kuss zu erzwingen, zu stehlen? Ihr liefen die Tränen über die Wangen, sie war so ungeheuer traurig über das Erleben gerade. Ging daran ihre Liebe und auch ihre Freundschaft zugrunde?

Geliebte Aurelia!

Bitte verzeih mir. Verzeih einem unbeherrschten Mann, der seine Liebste aus den Armen lassen muss und das nicht gekonnt hat. Ich war am Boden zerstört und vollkommen orientierungslos, als du davongelaufen bist. Dabei kenne ich den Wald so gut. Lange bin ich umhergeirrt und hab mich verflucht und sehr geweint. Das erzähle ich dir nicht, damit du Mitleid mit mir hast, sondern damit du verstehen kannst, wie tief der Einschnitt in mein Leben geht. Du bist nicht mehr da und ich verliere die Besinnung. Ich möchte alles tun, um diese Situation ungeschehen zu machen, aber das kann ich nicht. Ich bitte dich inständig: kannst du mir verzeihen? Mir gnädig sein?

In tiefer Hoffnung auf ein Wort von dir.

Dein zerknirschter Albert.

Über und über Geliebte. Meine liebe Aurelia!

Nun habe ich so lange nichts von dir gehört. Nicht deine allerliebste Stimme vernommen, nicht deine Schrift gelesen. Es ist so traurig für mich. Tag und Nacht sind trüb und gleichförmig, in mir ist alles schwarz. Und das Schlimmste ist, dass ich nur mich selbst dafür verantwortlich machen kann. Bitte sprich doch wieder mit mir. Ich habe meinen Fehler eingesehen und ich verspreche dir, dass ich nicht wieder versuchen werde, mich dir gegen deinen Willen zu nähern.

Wenn du nur wieder mit mir sprichst, mir schreibst. Mich wohl sein lässt.

Ich hoffe und harre darauf.

Dein dich stets liebender Albert

Lieber Albert!

Danke für deine beiden Briefe, die mich sehr berührt haben. Ich hatte auch schwarze Tage und habe auch viel geweint. Denn auch ich liebe dich, das weißt du doch. Das wird sich nicht ändern, solange wir leben, dass einer den anderen liebt. Aber wir müssen einen anderen modus vivendi für uns finden. Ich brauche erst einmal Abstand, ich werde mich eine längere Zeit nicht melden. Zu groß war der Schock auch für mich, dass ich vor dir, vor dir! – Geliebter – weggerannt bin. Unerträglich war es. Aber ich werde dich immer im Herzen tragen. Und wenn du das Himmels-W am Firmament siehst, dann denk an mich. Du hast es mir damals gezeigt und mich darauf hingewiesen, dass es umgedreht, verkehrt herum, unsere Nachnamen meint. Du kannst dir sicher sein, dass meine Gedanken auf dich gerichtet sein werden, wenn du hinaufblickst, ob ich nun schlafe oder wache zu dieser Zeit, ob ich lese oder esse, du findest mich dort. Denn du bist und bleibst der Urgrund, in dem meine Liebe wurzelt, meine zu dir natürlich, aber auch zum Leben allgemein, zur Musik und auch zu Maxime.

Verkehrt herum – manches mussten wir wie in einem Spiegel sehen, nicht wahr? Es war für beide von uns ein schmerzhafter Weg, das Wahre in dem vermeintlich Falschen zu sehen. Unsere Liebe sollte eigentlich nicht sein, war nicht vorgesehen. Aber konnten wir, als wir uns endlich gefunden hatten, irgendein Fehl darin finden? Kann Liebe überhaupt ein Fehler sein? Ich meine: nein. Wir haben es am eigenen Leib erfahren, wie machtvoll sie ist, die gute Kraft der Liebe. Auch daran gemahnt mich das Himmels – W: dass so manche Sachen ganz anders sind, als wir sie sehen. Und natürlich an das wunderschöne Gedicht von Rückert, das du mir gedankenvoll geschickt hast. Geliebter Albert, auch du hast meine Siegel gelöst – oder vielmehr ich selbst konnte das tun, weil du mich umhüllt hast mit Zuwendung, Zärtlichkeit, Verstehen, Vergeben. Aber das Entscheidende war ohne unser Zutun da: unsere Seelenverbindung. Sie zu leben, war unsere schwere Aufgabe.

Manchmal glaube ich, dass Menschen sich nicht mehr schenken können, sich nicht näher sein können als wir beide. Für mich gilt das. Du hast mir ein Geschenk gemacht, das das allerkostbarste im Leben ist: Deine Anwesenheit in meinem Leben hat dafür gesorgt, dass ich meinen Seelenschatz finden konnte. Deine Liebe und Güte, die Musik, die Texte, dein Wirken, dein Sprechen – deine Signatur, so wie ich sie wahrgenommen habe, *ist mir geschrieben, ja ist mir gegraben mit tiefen Buchstaben in meinem Herzelein.* Du weißt, wie und wann wir das gesungen haben. Denke bitte nicht, ich wolle dich mit einem Stempel vergleichen. Deine Herzinschrift ist lebendig und an ihr haben wir beide geschrieben. Das ist es ja, was ich meine. Denn unser *Wir* bleibt erhalten, auch wenn ich mich nun einem anderen Menschen zuwende.

Ich bleibe dir in Liebe verbunden. Und irgendwann werde ich mich auch wieder bei dir melden, in deine geliebten Augen schauen, dich in den Arm nehmen.

Deine Aurelia, ja, die Deine

Ihr Vizgraf, was habt ihr mit Nicolette gemacht, meinem süßen Lieb, die ich vor allen Dingen auf Erden theuer halte? Habt Ihr sie mir geraubt und entführt? Wisset wohl, dass, wenn ich darüber sterbe, man Euch zur Verantwortung ziehen wird.

Seine Augen hatten sehr nachgelassen in den letzten Wochen, er konnte beinahe gar nichts mehr sehen. Und auch der gebeugte Rücken, die schwachen Beine, das schwache Herz, alles machte Albert das Gehen zur Last. Nur sehr langsam konnte er durch das Kirchenschiff gehen, aber natürlich kam er zu diesem Konzert, zeigte sich der Welt. Seine zunehmende Schwäche zu verheimlichen, wäre ihm ohnehin nicht in den Sinn gekommen. Schon seit seinem 80. Geburtstag verließen ihn langsam, aber sichtbar die Kräfte, er war also gewöhnt daran und die Umgebung auch. Heute war ein besonderes Konzert, das Jubiläum seines Chores, den er vor so vielen Jahren ins Klingen gerufen hatte. Wie viele Menschen hatte dieser Chor gesehen, sie verbunden, sie zum Singen, Lachen, Sprechen gebracht. Zum Weinen auch? Natürlich gab es auch Abschiede. Aber das war ja ein Thema des Lebens allgemein, diesem Gesetz waren die Menschen nun einmal unterworfen.

Dass ihm diese Gedanken in den Sinn kamen, Assoziationen von Abschied, Trauer und Tod an diesem Jubeltag. Er fand es nicht ungewöhnlich, alles steht mit allem in Verbindung, mit dem fortschreitenden Alter sah er mehr und mehr, dass alle Empfindung eine Frage der Relation war. Und er konnte heute sehen, dass im Festtag auch der Trauertag steckt. Alles war eins, es stimmte, fürwahr. Und dennoch war es nicht so, dass das Einzelne bedeutungslos war. Dieses Konzert bedeutete ihm viel. Er war dankbar, dass sein Nachfolger im Amt diesen Chor mit großer Umsicht, Sachkenntnis und Liebe führte und sich in die Tradition des Chores stellte. Hatte er ihm das je deutlich genug gesagt? Viel Zeit würde ihm nicht mehr bleiben, das spürte er. Es war die Zeit gekommen, letzte Worte auszusprechen.

Er hatte seinen Platz gefunden, von Henriette geleitet. Neben ihm saß Mechthild. Auch sie eine lange Weggefährtin. Und doch hatte er sie erst nicht erkannt.

»Entschuldigen Sie, können Sie mir bitte einmal sagen, wer Sie sind? Ich sehe so schlecht.«

»Mechthild bin ich.«

»Ach so, ja. Sehr erfreut. Wie geht es Ihnen?«

»Ach, dass Sie immer so höflich sind. Lieber Herr Mattheis, mir geht es gut, darf ich denn auch fragen, wie es Ihnen geht?«

»Ach, wissen Sie, ich kann nicht klagen. Hören kann ich noch gut und ich bin dankbar, dass ich viele Konzerte besuche. Auch immer mit der Hilfe meiner Frau. Ohne sie geht nichts mehr. Das Programm des heutigen Konzerts ist ganz nach meinem Geschmack.«

»Oh ja, das Programm finde ich auch gelungen, am meisten freue ich mich auf den Brahms. Aber soeben tritt der Chor auf, dann sprechen wir später weiter.«

»Danke, dass Sie mir das sagen, ich sehe es leider nicht mehr.«

Er lauschte aufmerksam. Schön sang der Chor, differenziert. Eine der Stimmen war auch Aurelias, manchmal hörte er sie, ihren charakteristischen Ton. Das war schön für ihn. Seine Gedanken folgten dem Text, auf den es ihm am meisten ankam. Ist er weise geworden? Hat er erfasst, was die Aufgabe seines Wesens hier auf Erden war? Hat er sich von Gott bilden lassen? Von Kindesbeinen an jedenfalls war ihm bewusst, welche Kräfte in sich und der Welt er fördern und welchen er Einhalt gebieten wollte. Er hat sich auch wahrlich darum bemüht, ein treuer Diener der guten Sache zu sein. Demütig zu sein. Aber hat er wirklich erfasst, was Gott ihn lehren wollte? Das wusste er nicht. Und er hatte Zweifel. Er hatte Gott gefragt, warum er ihm das Augenlicht nahm, die Stimme auch, die Singstimme, die ihm lebenswichtig war, warum er ihn beugte, warum er sein Herz schwächte. Aber Gott hatte darauf keine Antwort gegeben.

Er musste sich die Antwort wohl selbst geben. Und fand sie nicht, nicht einmal den Pfad, auf dem er die Antwort hätte finden können. Er hatte auch niemanden, mit dem er diese Fragen besprechen konnte, selbst mit Henriette konnte er hierüber nicht sprechen. Und die, mit der es vielleicht möglich gewesen wäre, war weit entfernt, hatte sich zurückgezogen von ihm. Er hatte sie nur selten gesehen in den letzten Jahren, und sehr selten allein, denn Henriette ließ ihn kaum mehr allein. Aurelia hatte ihr Versprechen gebrochen, ihm im Winter Blume und Sonnenschein zu sein. Er verübelte es ihr aber nicht. Schon in ihren Anfangszeiten hatte er auf die gegenläufigen Bewegungen ihrer Lebenswege hingewiesen. Er wusste besser als sie, dass es durchaus eine Rolle spielte, ob ascendens oder descendens das bestimmende Lebensmotto des Menschen war. Sie lebten immer noch auf getrennten Seiten, so lang die ersten Begegnungen auch zurück lagen. So viel jünger war sie. Die Dinge erblühten und verwelkten. Man konnte sich ihnen nicht entgegenstellen. Entsagen hatte er wollen. Es war ihm nicht gelungen. Das Leben hatte ihm eine Lektion erteilt. Und er war sehr glücklich darüber gewesen. Oh, wie glücklich waren sie gewesen, welch leuchtende, überschäumende Zeit hatten sie miteinander gehabt. Er lächelte wehmütig. Auch heute schimmerte diese Liebe in ihm. Manchmal stach ihn aber eine Sehnsucht, eine Sehnsucht danach, stundenlang mit Aurelia zu telefonieren, wie sie es so oft getan hatten. Alles konnte er mit ihr besprechen, die Viertelstunden strichen nur so dahin, wenn sie miteinander sprachen, sie lachten dann auch viel, beide hatten so unendlich viel zu teilen, sie verstand ihn so gut, stellte die richtigen Fragen und wo sie ihn nicht verstand, war es kein Hindernis, tat nichts weh. Auch die Sehnsucht danach, Hand in Hand mit ihr durch den Wald zu streifen und sie wohl auch zu küssen, überkam ihn ab und zu, ihre Hände waren so passend füreinander, wie ja überhaupt alles an ihnen passend füreinander war, fand er, nur das Alter eben nicht. Nur selten pochte die Traurigkeit über den Verlust des innigen, intensiven und auch des sinnlichen Austauschs. Bitter ist er nie geworden. Denn wenn sie ihm auch nicht die Blume seines Winters gewesen ist, der Goldglanz seines Lebens und besonders der späten Jahre war sie aber doch. La splendeur de ma vie. Er hatte die letzte Erinnerung an sie, die schwarze Rose, erst kürzlich entfernt. Es ging nicht anders. Was bedeuteten Gegenstände denn auch angesichts des Todes? Er spürte Aurelia ja in sich, sie war und blieb geborgen in seinen Gedanken und Gefühlen.

Wo war er nur mit seinen Gedanken? Jetzt ertönte schon der Brahms. War es ein kindlicher Wunsch, ein rein Herz geschaffen bekommen zu wollen? Trug nicht jeder Verantwortung für die eigene Tat? Die Menschen mussten ihr Herz gegen so viele Anwürfe verteidigen. Es lauerten all die Versuchungen mit ihren schnellen Befriedigungen; vielleicht hatte er der Eitelkeit nicht stark genug widerstehen können. Er wusste es nicht genau, wurde aber von anderen Menschen immer wieder in die Nähe dieser Sünde gerückt. Nur zu bald würde er Gewissheit haben, auf andere Weise also den gewissen Geist, denn nur zu bald würde die Zeit seines Lebens abgelaufen sein. Er hatte keine Angst vor dem Tod, er hatte sich immer steif und fest auf Gottes Huld verlassen.

Ganz in Todesgedanken versunken war Albert und erschrak, als der Applaus erscholl. Danach strömten so viele Menschen zu ihm, wenn sie ihren Namen nicht sagten, musste er sie immer danach fragen. Viele kamen und wollten ihn sprechen, ihm danken, sich mit ihm an alte Zeiten erinnern. Es war unglaublich anstrengend. Er hoffte, dass Henriette ihn bald nach Hause führen würde. Sie wachte gut über ihn. Dann spürte er eine Wärme, denn endlich stand Nicolette vor ihm und ohne dass sie etwas sagte, hatte er sie erkannt. Da war kein Zweifel, da war sie. Ihr Wesen, ihr Duft, ihre Aura. Wie wohl fühlte sich das an.

»Aurelia! Da bist du! Ich habe ein Anliegen!«, sagte er unvermittelt. »Ich möchte dich sprechen.«

»Ja sprich nur, ich bin da!«, sagte sie und ihre Stimme war so vertraut.

»Nicht hier, komm zu mir. Besuche mich.«

»Das will ich so bald wie möglich machen, ich melde mich bei dir.«

Das vertraute Du. Ihre Hand auf der Schulter. Ihr Licht.

Dann erlosch die Wärme, erlosch das Licht, Nicolette entfernte sich, andere wollten ihn sprechen, hatten auf den Moment gewartet und sie ist gewichen. Aber sie würde kommen, das spürte er. Er würde auf sie warten. Seine Worte hatten sich von allein an sie gerichtet, so wie seine Seele die ihre erkannt hatte. Was war da geschehen? Geheimnis der Liebe. Ja, er hatte ein Anliegen. Bestimmt kannte sie es bereits. Denn sie liebte ihn ja auch noch immer. Das hatte er eben empfunden. Sein Herz leuchtete.

Nachdenklich verließ Aurelia die Kirche. Die Begegnung mit Albert hatte sie glücklich, aber auch unruhig gemacht. Glücklich, weil sie und Albert in diesem Moment abgeschieden vom Treiben um sie herum waren, als wären sie in eine andere Zeit gesunken, die niemand mit ihnen teilte, als wäre ein Raum um sie herum gewesen und innerhalb nur sie beide, ganz für sich, seelenverbunden, urvertraut. Er hatte sie sofort erkannt, das erschütterte sie, denn sie wusste ja, wie schlecht seine Augen waren. Und er hatte »du« zu ihr gesagt, nicht wie sonst bei solchen öffentlichen Anlässen die distanzierte Form. Keine Diskrepanz zwischen Innigkeit und Sichtbarkeit. Beides gab seinem Anliegen eine große Dringlichkeit, deswegen war sie unruhig. Er wollte Abschied nehmen von dieser Welt und von ihr.

Sie nahm sich vor, ihm sogleich zu schreiben, wenn sie in München angekommen war. Sie musste ihn wissen lassen, dass sie verstanden hatte, wie wichtig es ist. In nur einem Monat würde sie wieder zurück sein, das musste doch rechtzeitig sein.

Wenn ich einmal soll scheiden. In der Begegnung vorhin mit ihm hatte sie zum ersten Mal seit Jahren wieder die Harmonie gespürt, die ihrer beider Wesen von Anfang an verbunden hatte und die sie nicht austilgen konnten, der sie damals weder durch anständiges Verhalten noch durch Selbsthypnose hatten entgehen können. Dabei hatten sie es beide wirklich versucht, sich voneinander fernzuhalten. Sie hatte ihm damals geschrieben, als sie noch versuchte, sich ihre Liebe auszureden:

Es klingt da etwas im Verborgenen, eine Musik, die, einmal zum Leben erweckt, nie schweigen wird, auch wenn sie nicht gehört werden darf. Und wenn wir sie beide doch einmal erleben und gestalten, wenn wir uns von ihr rufen lassen, dann wird sie so groß und mächtig werden, dass wir Mühe haben werden, nicht selbst klingende Körper zu werden und uns zu offenbaren. Manchmal wünsche ich mir, ein Ton in dieser Liebesmusik zu werden, um mich in ihr aufzulösen und davonzuschweben. Davon, über den himmelhohen Abgrund hinweg, hin zu dir und weg von dir. Aber die Quelle wird nie das, was sie hervorbringt.

Es nahm ihr den Atem, diese Schwingungen wieder so unmittelbar gespürt zu haben, diesmal nicht über die Augen, die ihnen beiden so wichtig gewesen sind, mit und in denen sie einander erkannt hatten, nun verständigten sie sich über ihre Aura. Plötzlich verstand sie, was Abschied bedeuten würde. Nie wieder würde ihre Aura diese besondere Farbe annehmen, die nur durch das Zusammenspiel mit ihm entstehen konnte. Oder würde sie seine Energie auch über den Tod hinaus spüren, sich mit ihm verbinden können? *So scheide nicht von mir.* Sie glaubte daran, dass Menschen Energie waren, dass ihr Körper nur Repräsentation war und die Essenz sich darin nur ausdrückte, eine geliehene Form. Albert würde also auch weiterhin spürbar bleiben können, wenn auch sein Körper gestorben war. Dieser Glaube könnte sie aus den Ängsten reißen, aber um Alberts willen hatte sie doch Angst. Sie war nicht so stark und gewiss in ihrem Glauben, dass sie den Geliebten ohne Trauer gehen lassen konnte. Bedeutete es Freiheit, das zu können? Und war Trauer Eigenliebe und eben nicht auf den Geliebten gerichtet? Denn wenn sie wirklich glaubte, dass die Essenz, Alberts Seele, weiterlebte, dann trauerte sie nicht um seinen Tod, sondern um den Verlust, um sein Fehlen in ihrem Leben.

Mit Wucht traf sie das Gefühl des Verlusts. Und auch des Versagens. In den letzten Jahren hatte sie sich nur spärlich bei ihm gemeldet. Vergessen hatte sie ihn nicht. Warum nur habe ich mich aber dann von ihm entfernt? Und wann war das überhaupt? Aurelia konnte sich nicht mehr erinnern, aber jetzt, da sie ihren Liebsten so schwach und todgeweiht sah, erschien ihr ihr Verhalten der letzten Jahre ein einziges Versäumnis zu sein.

Salut! Mein Umzug findet am 11. Juli statt, ich bin ab dem 12. also wieder da und habe Zeit. Ich melde mich telefonisch! Herzlich grüßt Aurelia.

Diese Anrede verursachte ihr jedes Mal einen heftigen Stich, aber »Lieber Herr Mattheis« konnte sie einfach nicht schreiben, und er hatte nie den Entschluss seiner Frau aufgehoben: Offiziell durfte sie ihn nicht duzen. War nicht der Moment für sie gekommen, sich darüber hinwegzusetzen? Frau Mattheis würde ohnehin Bescheid wissen, oder? Dennoch. Sie hielt sich an das Verbot, ihn auch vor allen vertraut anzusprechen.

Salut! Schon nächste Woche kommt der Möbelwagen, ich bin aufgeregt. Ich freue mich auf mein neues Leben in der alten Heimat. Und auf ein Wiedersehen! Einer meiner ersten Wege soll mich zu Ihnen führen! Herzliche Grüße! A

Salut! Diese Karte ist die letzte, die ich aus München schreibe. Ich bin also ganz bald wieder da, vielleicht sogar schneller als diese Postkarte. Ich melde mich dann! Herzlich, A

Am Tag nach dem Umzug rief sie an. Sie wusste natürlich, dass sie mit ihr, Frau Mattheis, sprechen würde. Albert telefonierte lang schon nicht mehr.

»Hallo, hier ist Aurelia!«

»Ach, Aurelia, das ist ja eine Freude, vielen Dank für die vielen Postkarten von hier und dort. Das ist so schön, dass du immer an uns denkst. Wir freuen uns immer, wenn etwas von dir kommt, und verfolgen deinen Weg.«

»Ich bin wieder da und wollte fragen, wann ich Sie besuchen kann.«

»Ach, du, das ist jetzt ganz schlecht. Meinem Mann geht es nicht gut, wir haben in den nächsten Tagen und Wochen so viele Arzttermine. Melde dich doch im August wieder.«

»Na gut, das werde ich tun. Richten Sie ihm doch bitte meine Grüße aus.«

»Aber natürlich.«

August:

»Hallo, hier ist Aurelia, ich wollte mich mal wieder melden und fragen, wann ich Sie besuchen kann.«

»Ach, weißt du, das passt jetzt leider gar nicht. Meine Enkelinnen waren da, sie haben mich strapaziert, immerzu musste ich Essen kochen und aufräumen. Melde dich doch im September wieder.«

September:

»Hallo, hier ist Aurelia, ich wollte mich melden und fragen, wann ich Sie besuchen kann. Wie wäre es nächste Woche? Am Mittwoch?«

»Ja, das passt uns.«

»Dann komme ich nächsten Mittwoch. Ich freue mich!«

Endlich. Bald würde das Warten ein Ende haben. Seinen letzten Weg von dieser Erde hatte er bereits geordnet, bald würde er auch der Frau noch einmal begegnen, mit der ihn diese verwirrend innige Liebe verbunden hatte und noch verband. Nie hatte er aufgehört, sie zu lieben, auch nicht unter den kältesten Worten, die sie ihm immer wieder einmal gesagt hatte. Warum er so duldsam ihr gegenüber war? Es war aber keine Duldsamkeit, es war die Liebe, die alles verzeiht, alles nachsieht, alles versteht, alles erträgt. Wozu wehrten sich die Menschen doch gegen die Liebe? Er hatte es ja auch getan. Völlig unnötig. *Himmel und Erde nehmen keine Rücksicht.* hatte er mal gelesen. Die Liebe auch nicht. Schmerzen erleiden die Menschen nur, weil sie die Liebe nicht verstehen.

Es war etwas zwischen seiner und Aurelias Seele, das unzerstörbar war. Sie gehörten einander an. In der anderen, eigentlichen Welt. In dieser hier auf der Erde waren ihnen nur ein paar wunderschöne Jahre vergönnt gewesen, aus denen er so glückliche Erinnerungen hatte. Keine Briefe mehr. Alle hatte er verbrannt, nur einen nicht, den Jahrhundertbrief nach ihrem Besuch (Ach, ihr Besuch.), lange bevor er so schwach wurde, wie er jetzt war. Er hatte nach und nach alle Briefe verbrannt und die Asche dann in den Wald fliegen lassen. Under der linden, an der heide, tandaradei. Ach, und wie sie ihn geneckt hatte, ihm lachend absprach, er mache eine grand tour du lac. Eine tour du grand lac müsse es heißen. Unter ihm hindurchgetaucht war sie. Dass sie ihn nicht in den Bauch gepiekst hatte, war wohl alles, so übermütig war sie gewesen. Bilder von der Konzertreise nach Frankreich zogen an seinem inneren Auge vorbei. Fast jeden Abend fand er einen kleinen Zettel in seiner Manteltasche, wie sie das nur machte, dass niemand sie bemerkte? Sie war so entschlossen und geschickt gewesen im

Aufspüren von Möglichkeiten, ihm ihre Liebe zu zeigen. Die Erinnerung an ihre kühnste Tat und seine vollkommene Überraschung damals nahm ihm immer noch den Atem, obwohl er diese Szene schon hundertfach in sein Herz gerufen und sie wieder und wieder durchlebt hatte. Für ihn war sie der Beweis, dass Aurelia eine Lichtgestalt seines Lebens war. Ein Engel. Wie sie da in diesem Haus, in dem der Chor gemeinsam untergebracht war, nachts, als alles schlief, in sein Zimmer gekommen war, die Tür hatte er extra für sie offen gelassen, wie er ihre Anwesenheit gleich gespürt und ihre Silhouette wahrgenommen hatte, ihre Silhouette, von der trotz der Dunkelheit ein Leuchten ausging, das ihn, als sie ihn und sich wortlos, die Wände waren dünn, entkleidete und sich auf ihn setzte, so sehr belebte, obwohl er vom Konzert erschöpft war, und innerlich erfüllte, dass er wiederum sie erfüllen konnte, das war so unglaublich für ihn gewesen, ein Erlebnis aus dem Paradies. Sie hatte ihm in seinen späten Jahren eine Männlichkeit geschenkt, über die er nur staunen konnte. Es war ihr Zauber. Ihre Lust, die er so inniglich beantworten wollte. Mit einem Kuss hatte sie sich nach diesem verschwiegenen Liebesakt verabschiedet, so süß und innig, dass er sich aller irdischen Last und Schwere enthoben fühlte. Ein unglaubliches Erleben, oft hatte er sich gefragt, ob sie beiden das wirklich erlebt hatten. Aber er erinnerte sich zu gut daran, dass sie ihn am nächsten Morgen scheinbar ungerührt beim Frühstück nach seiner Nachtruhe erkundigt hatte und er, der ihre abgrundtiefe Ruhe nicht teilen konnte, die er allerdings bewunderte, ihre Frage beinahe hektisch beantwortet und sich dann jemand anderem am Tisch zugewandt hatte. So war es überhaupt oft gewesen, dass sie sich in Gesellschaft Spielbälle zuwarfen in ihrem Subtext, den keiner außer ihnen kannte. So jung Aurelia da noch war, schon immer war sie eine Meisterin darin gewesen, viel besser als er. Er dachte auch an das eine Ereignis, das Aurelia in seiner Tragweite wahrscheinlich niemals erfasst hatte. Wie auch, Albert hätte es nicht vermitteln können, er hatte damals nur oberflächlich mit ihr darüber gesprochen und hatte selbst längere Zeit gebraucht, diese Gefühle zu verarbeiten. Es war während einer Probenpause, Albert hatte außerhalb der Kirche ein Gespräch zu führen gehabt, als er wieder in den Chorraum kam, sah er etwas, das ihn unglaublich wütend, sogar jähzornig werden ließ: Seine Partitur war vom Pult verschwunden. Der Anblick des leeren Pults hatte ihm den Atem verschlagen und sein Blut erhitzt. Wer verhielt sich derart distanzlos und nahm sich Einblick in das Persönlichste eines Dirigenten? Er musste seinen Zorn sofort loswerden. Mit blitzenden Augen suchte er – und sah Aurelia in der Kirchenbank sitzen, interessiert seine Noten studieren. Fast so sehr wie über das Fehlen der Partitur auf dem Pult erschrak er über das plötzliche Gefühl der Wärme in seiner Brust bei diesem Anblick. Er war höchst verwirrt über diese Beruhigung seiner Empörung. Damit hatte er nicht gerechnet.

Nun saß er da, am Ende seines Lebens und wartete darauf, dass er sein Grab bekomme. Er klagte nicht, es ging ihm immerhin gut, lesen konnte er zwar nicht mehr, aber es wurde ihm vorgelesen. Auch die vielen Postkarten, die Aurelia ihm von überall aus der Welt schickte. Immer mit der Anrede *Salut*. Er verstand sie ja. Er wusste, wie sehr sie seinen Namen mochte, wie sehr sie es geliebt hatte, ihn bei seinem Namen zu rufen. Und er hatte es geliebt, seinen Namen in ihrer Schrift zu lesen. Oder ganz nah an seinem Ort zärtlich zu hören. Wie gerne würde er ihn noch einmal von ihrer Hand lesen, das war nun für immer vorbei. Und ihre Stimme hören. Ach, er liebte ihre Stimme, alles an ihr. Früher, in ihren Anfangszeiten, hatte sie manchmal bei ihm angerufen und nur gesagt, sie habe sich verwählt, ohne ihren Namen zu sagen. Da wusste sie offenbar noch nicht, dass er ihre Stimme von Beginn an unter Tausenden hätte erkennen können. Es war etwas vom Schlag eines Buchfinken darin. Er hatte das damals unglaublich süß gefunden, denn offenbar wollte sie ebenso gern seine Stimme hören wie er ihre. Eine warme, eher tiefe Sprechstimme hatte sie, aber wenn sie sang, konnte sie sich in die höchsten Höhen aufschwingen. Und ihr Lachen! ihr Lachen war ihm immer tief eingegangen, hatte ihn froh gemacht.

Alles hat seine Zeit. Lachen hatte seine Zeit, aufhören zu lachen und ihr Lachen zu hören hat seine Zeit. Sehen hatte seine Zeit, aufhören zu sehen hat seine Zeit. Singen hatte seine Zeit, ein Leben ohne Singen hat seine Zeit. Darüber war er besonders betrübt. Das Singen war sein ureigenster Ausdruck gewesen, hatte seine Essenz hervorgebracht, ihn und durch ihn Andere zum Klingen gebracht. War nicht das Leben hauptsächlich Klang? Beschwingt gehen und schreiten hatte seine Zeit, tastend unsicher Wanken hat seine Zeit. Aufrecht stehen hatte seine Zeit. Gebeugt sich krümmen hat seine Zeit. Herzen hatte seine Zeit. Aufhören zu herzen hat seine Zeit.

Den Text aus *Prediger* hatte er sich für seine Beerdigung gewünscht. Er war immer schon für die schlichte und dennoch tiefe Ausdrucksweise gewesen, intellektuelle Kunststücke hatten ihn nie interessiert. Auch zeigte dieser Text in seiner Einfachheit das Spektrum des menschlichen Lebens – und vor allem, dass nichts in des Menschen Händen liegt. Er war dankbar für sein Leben. Für ihn hatte es viel Zeit der Liebe gegeben. Der Schmerz über den Verlust der körperlichen Nähe zu Nicolette hatte sich gelegt. Ihr Brief damals hatte alles gut gemacht. Sie war auch wirklich wieder zu ihm gekommen, hatte ihn in ihre Arme genommen, anders als zuvor, das hatte er gespürt, aber sie war da, hatte auch geschrieben, hin und wieder angerufen.

Es war alles gut.

Ende September war es also geworden, bis Aurelia sich auf den Weg machen konnte, Albert zu besuchen. Sie fragte sich, wie der Besuch wohl verlaufen würde, ob Henriette ihnen beiden auch Zeit füreinander lassen würde. Aurelia rechnete damit und hoffte es auch, denn darum zu bitten, würde sie nicht wagen. Aber gleich zu Beginn des Besuchs wurde deutlich, dass Henriette Albert und sie nicht allein lassen würde. Hatte sie bei früheren Besuchen Aurelia zu Albert geschickt und dann den Tee bereitet, so war der Tee an dem Tag bereits fast fertig und Aurelia blieb nur etwa eine Minute, um Albert zu begrüßen. Er saß im Sessel des Blumenzimmers, gebeugt und zart. Aurelia ging mit schnellem Schritt zu ihm.

»Albert!« Sie küsste ihn auf Stirn und Mund, und nahm seine Hand und zog ihren Sessel zu ihm hin.

Er erwiderte den Kuss und auch den Händedruck, sagte aber nichts, das Sprechen war ihm durch die Krankheit nur sehr langsam möglich. Aber sie sah, dass er sich innig freute. Aurelia legte ihre freie Hand an seine Wange und strahlte ihn an, sehen konnte er das nicht mehr, aber spüren doch sicherlich.

»Wie geht es dir?«

Als Antwort drückte er ein paar Mal ihre Hand, die er dann aber – seine Ohren waren ungetrübt – losließ, als er die Schritte seiner Frau auf der Treppe hörte. Aurelia nahm es als Zeichen, sich von ihm zu entfernen. Und als Zeichen, dass Henriette bis heute nicht wusste, was Aurelia und Albert verband.

Das anschließende Gespräch spielte sich hauptsächlich zwischen Frau Mattheis und Aurelia ab, es ging um Tagespolitik, das Gemeindehaus, das Familienleben; es langweilte Aurelia, die doch nur gekommen war, um Albert zu sehen und Albert anzuhören. Sie richtete immer wieder das Wort an ihn, aber er fand keine Möglichkeit zu antworten, weil seine Frau stets für ihn antwortete. Aurelia wurde klar, dass sie Alberts Anliegen nicht würde hören können. Nach zwei Stunden bereitete sie ihren Abschied vor. Aber Frau Mattheis reagierte nicht darauf. Also stand Aurelia dann irgendwann einfach auf, kam sich recht unhöflich dabei vor. Es war eine seltsame Situation. Aurelia stand, die beiden

Gastgeber saßen, minutenlang. Schließlich stand auch Frau Mattheis auf. Sie hatten zuletzt über ein Programm gesprochen, Frau Mattheis wollte Aurelia eine Kopie davon geben, sie sagte: »Ich bin gleich dann wieder da«, und verließ den Raum.

Aurelia wurde sich bewusst: Nun hatte sie einen Moment mit Albert. Sie ging zu ihm, sich zu verabschieden. Sie beugte sich zu ihm hinunter, wollte sich hinknien, ihn umarmen, ihm zuhören, was er ihr sagen wollte. Aber er reagierte anders, als sie gedacht hatte. Er sprach nicht. Stattdessen erhob er sich. Er brauchte dafür offenbar seine ganze Konzentration.

»Albert, was machst du denn? Bleib doch sitzen.«

Zitternd und schwankend, Stück für Stück hob er sich auf die Beine. Aurelia hatte Angst, ihn bei der geringsten Berührung umzustoßen, und hielt sich an seiner Seite, berührte ihn aber nicht. Von unten rief Frau Mattheis irgendetwas. Aurelia ging zur Tür, um besser hören zu können. Blickte aber Albert an.

»Albert, was machst du? Warum stehst du auf? Kann ich etwas für dich tun?«

Aurelia wusste nicht, was sie tun sollte. Sie verstand ihn nicht. Und sie war hilflos. Vor ihr Albert, der schwankte, unten Frau Mattheis, die etwas rief und auf dem Weg wieder nach oben zu sein schien. Aurelia war überfordert. Albert hatte ihr deutlich gemacht, dass seine Frau nichts von ihnen wusste und auch nicht erfahren sollte. Da durfte sie doch jetzt keine Entdeckung riskieren, nicht auszudenken, wenn Henriette in dem Moment wieder erschiene, in dem Albert und Aurelia sich umarmten.

»Albert, sag doch was!«, bat sie mit warmer, flehender Stimme. Albert blieb stumm.

»Ich gehe dann jetzt, ja?«, sagte Aurelia, immer mit dem Ohr nach unten gerichtet, gestresst.

Keine Antwort.

»Leb wohl.« Sie winkte unsicher und ging eilig, fast gehetzt die Treppe hinunter. In diesem Moment verdammte sie zum ersten Mal die Heimlichkeit ihrer Liebe. Sie hatte sich nicht so von ihm verabschieden können, wie es richtig gewesen wäre, und sie hatte nicht sein Anliegen hören können.

Nun stand er da, sah nichts, spürte aber, dass sie fort war. Er konnte doch nicht mit ihr sprechen, wenn er alle Kraft brauchte, sich zu erheben. Für sie hatte er sich erhoben, sich von ihr zu verabschieden, sie noch einmal in den Arm zu nehmen. Ihr sein Liebeswort mitzugeben - und seinen Segen. Aber sie war gegangen. Einfach gegangen. Nicht noch einmal zu ihm gekommen. Seine Nicolette war fort. Die Geschichte von Aucassin war zu Ende. Er war traurig und ihm war dunkel zumute, aber er hatte sie noch einmal gespürt, ihre Lippen auf seinen, ihre Hand in seiner, die ihm von ihrer Verbundenheit erzählt hatte, ihrer eben doch treuen Anhänglichkeit, und er war bereit, diesen Abschied anzusehen als Ende einer Geschichte des großen Glücks.

Übersetzungen der französischen Textstellen

Loin des yeux – près du cœur. – *Fern den Augen, nah am Herzen.*

Vive l'empereur. – *Es lebe der Kaiser.*

Je t'embrasse cordialement car je t'aime. La tienne. – *Ich umarme dich herzlich, denn ich liebe dich.*

Je t'embrasse, tendre et avec la distance commandée. N'as pas peur, moi, je ne crains rien. Je suis plus forte que tu, peut-être, penses. Alors: cordialement comme toujours A. – *Ich umarme dich, zärtlich und mit der geforderten Distanz. Hab keine Angst, ich, ich fürchte nichts. Ich bin stärker, als du vielleicht denkst. Also: herzlich wie immer.* A

Cette nuit, j'ai rêvé. J'avais ta chevelure autour de mon cou. J'avais tes cheveux comme un collier blond autour de ma nuque et sur ma poitrine. Je les caressais; et c'étaient les miens; et nous étions liés pour toujours ainsi, par la même chevelure la bouche sur bouche. – *Heute Nacht habe ich geträumt. Deine Haare umgaben meinen Nacken. Deine Haare waren wie ein blonder Halsschmuck um meinen Nacken gelegt und flossen über meine Brust. Ich habe sie liebkost; und sie waren die meinen; und wir lagen für immer so, umgeben von denselben Haaren, Mund an Mund.*

Grand tour du lac – *große Tour durch den See*
Tour du grand lac – *Tour durch den großen See*

Le cœur a ses raisons que la raison ne connaît pas. – *Das Herz hat seine Gründe, die der Verstand nicht kennt.*